162502   # 999

COLLECTION FOLIO

Hubert Haddad

Corps désirable

Gallimard

© *Zulma*, 2015.

Poète, romancier, dramaturge et essayiste, Hubert Haddad est né à Tunis en 1947. Depuis *Un rêve de glace,* jusqu'aux inventions borgésiennes de *L'Univers,* premier roman-dictionnaire, ou les rivières d'histoires de ses *Nouvelles du jour et de la nuit,* Hubert Haddad nous implique dans son engagement d'artiste et d'homme libre. Il a reçu notamment le prix des Cinq Continents de la francophonie en 2008, le prix Renaudot poche en 2009 pour *Palestine,* et en 2013 le prix Louis Guilloux pour *Le peintre d'éventail* ainsi que le Grand Prix SGDL de littérature pour l'ensemble de son œuvre.

*Il n'appartient qu'à la tête de réfléchir,
mais tout le corps a de la mémoire.*

JOSEPH JOUBERT

Prologue

L'immortalité n'aura bientôt plus de secret pour l'homme. Nous l'avions déjà découverte à l'état naturel chez une insignifiante méduse sans cœur ni cervelle, la *turritopsis*, qui, une fois atteint un seuil critique de maturité, voit son cycle de vie s'inverser, revenir à l'état juvénile, avant un nouveau déclin, et cela indéfiniment. Tout ce que promettent les sciences se réalisera fatalement. En concurrence probable avec la bionique, d'ici quelques années, la chirurgie transplantatoire saura reconstituer l'homme intégral, comme dans certain roman gothique. Bienheureux ou martyrs, quelques élus pourront ainsi vivre plusieurs vies successives *avec une seule et même tête*, en éclaireurs d'une humanité pérenne. Quant aux questions des usages du corps amoureux et de l'intégrité de la conscience ou de l'âme, il faudrait pour y répondre en faire soi-même l'épreuve charnelle, en cobaye de l'éternité.

Un jour peut-être, bien plus tard, si la biodiversité l'autorise, quand l'espèce humaine en coma dépassé aura remonté à bloc l'horloge de l'apocalypse, les enfants et les idiots se demanderont avec une candeur intacte ce qu'était le monde avant la création de l'homme.

I

Il ne reconnaît pas vraiment cette ville, en dépit d'un air presque inquiétant de familiarité sans doute lié à l'heure, au clair-obscur crayonnant les façades dans la lumière du soir, mais c'est d'un pas assuré qu'il se rend à l'Hôtel de la Solitude où, dans son souvenir, une chambre a dû lui être réservée. Avec le crépuscule, dans l'azur profond, des enseignes lumineuses se découpent au-dessus des toits sur fond de montagnes.

Il y a foule encore, des jeunes couples, des vieillards endeuillés, des handicapés en tout genre, des cohortes de religieuses à cornette réjouies comme des collégiennes. Alors qu'il traverse un haut pont de pierre jeté sur une rivière qui gronde, torrentueuse, contre les piliers des arches, un individu vêtu de noir lui touche l'épaule dans la pénombre. Surpris, il sursaute et bondit en arrière. « Quoi, que me voulez-vous ? » s'exclame-t-il, sur ses gardes. Il lui semble l'avoir aperçu tout à l'heure : devant la gare, tous deux piétinaient en vain dans l'attente d'un taxi. L'autre l'aura probablement suivi jusqu'à ce pont mal éclairé. « Vous êtes bien Cédric Allyn-Weberson ? » lui demande posément son interlocuteur. Il remarque à ce moment sa mise soignée, l'air compatissant d'ordonnateur des pompes funèbres plaqué sur sa face bleuâtre. « Je me présente, ajoute ce dernier, maître Puith, avocat à la cour. Mais ce n'est pas à ce titre que je me suis permis... » Il lui saisit le bras en baragouinant de vaines excuses et l'entraîne du côté illuminé de la ville. Incohérent, plein d'allusions tour à tour enjouées et querelleuses, l'inconnu discourt en chemin d'une transaction ou d'un marché dont il se prétend le mandataire. Au bar de l'hôtel, soudain affable devant un verre, il explique plus clairement sa démarche : on voulait lui acheter l'exclusivité de son nom. Rien de moins. Un financier texan proposait une somme considérable pour que Cédric Allyn-Weberson lui cédât son patronyme. « Vous comprenez, poursuit d'une voix étrangement pâteuse l'avocat, ce nom n'a pas d'équivalent, vous êtes le seul au monde à le porter depuis la mort subite de monsieur votre père... » Les rêves loquaces sont rares ; on s'éveille d'habitude assez vite quand des paroles distinctes parviennent à la conscience. La mort subite de son père ! À peine a-t-il le temps de s'offusquer que toute la scène s'évanouit dans une torpeur inquiète.

C'est avec une impression d'égarement que

Cédric se retrouva dans son lit, rue du Regard. Le passage tonitruant d'une ambulance acheva de le sortir de ce cauchemar en demi-teinte sans qu'il perdît son déroulé à peu près intact. Il ne cessait de s'esclaffer nerveusement depuis son réveil. Acheter, sous prétexte de sa rareté, le nom d'Allyn-Weberson – quelle joyeuse outrecuidance ! L'absurdité ordinaire aux rêves avait touché un point d'hilarité qui lui coupait le souffle. Était-ce lié au désir secret de voir mourir son père et d'être ainsi délivré d'un sceau d'identité en soi despotique ? Tous les rêves, prétend-on, cacheraient des désirs. Peu après, par un brusque retour de crédulité, c'est avec un fond d'appréhension qu'il activa une chaîne d'informations télévisées. Il n'y fut évidemment pas question de son géniteur, sinon de manière très incidente aux pages économiques.

Cédric n'avait plus de relations avec Morice Allyn-Weberson depuis des années, du moins directement, et cela par choix délibéré. Alors qu'il s'imaginait quitte d'une libéralité abusive, et même dévastatrice pour un rejeton sans dons particuliers, le vieil homme avait les moyens d'interférer à son gré dans sa vie et de le surveiller par tous les trous de serrures. C'était avant que le sort ne s'acharne sur lui, avant toute cette histoire à remplir d'épouvante n'importe quel damné repu de supplices. Naître fortuné, il l'admettait volontiers, aidait à traverser les embûches les plus inattendues – survivre à l'abandon, par exemple, ou n'avoir plus de corps. Mais son histoire démontrait amplement qu'il n'y a pas de remède miracle contre la fatalité, fût-ce tous ceux concoctés par les laboratoires M.A.W., majors de leur catégorie dans l'industrie pharmaceutique.

II

Quand, par un hasard prodigieux des gamètes, on se trouve être le fils unique de Morice Allyn-Weberson et de sa tragique épouse, née Erguson, le monde semble un tapis rouge sang qui se déroulerait continûment sous vos pieds. Sans crânerie, le protagoniste de ce sombre drame aurait pu jurer d'une enfance privilégiée, pour ne pas dire chanceuse ; même si sa désolante mère tenta de se pendre, la veille de ses douze ans, avant de se défenestrer en présence de son époux. Longtemps, son patronyme fut pour lui un sésame, jusqu'au jour où, n'y tenant plus, il quitta avec fracas le giron familial et s'affubla dans l'urgence d'un pseudo bien à lui, sorte de sobriquet de solitude qu'il tenait en partie de l'ascendance maternelle. C'est sous le nom de plume de Cédric Erg qu'il se fera connaître en polémiste incontrôlable à l'époque encore récente où son père veillait à son insu sur sa personne avec les cent yeux du dieu Argos.

Cette histoire, qui eût relevé du fait divers si

elle n'avait pas mis en jeu l'avenir de l'humanité, pose incidemment quelques questions d'éthique littéraire : à quoi bon en effet raconter par le menu ces regrettables aléas dont l'issue ne saurait manquer de mortifier les âmes sensibles ? On s'en inquiéterait très sincèrement si l'explication ne tenait pas toute dans notre ordinaire déficience. Nul n'est garant du destin d'autrui, encore moins de ses malheurs. Pourtant, qu'un seul lecteur conçoive du fond limoneux de sa cervelle ce qu'aura eu à subir tout ce temps l'infortuné Cédric Erg et celui-ci s'en trouverait presque réconcilié sur un plan aléatoire ou du moins virtuel, de ce côté inconcevable et même inexistant de notre pauvre condition. Peu importe qui l'homme fut vraiment – parions sur un quelconque aspirant aux étourderies du bonheur –, il n'empêche que les dénouements en cascade de sa destinée n'auront correspondu à rien d'admissible ni de tolérable pour le commun des mortels.

Après une licence en droit et des études brouillonnes d'économie politique et de littérature comparée, lesquelles ne lui auront servi qu'à repousser indéfiniment l'âge des responsabilités, ce fils de famille apostat tiendra huit ans chronique dans l'un des magazines d'actualité les plus en vue. Par on ne sait quelle faveur, sa carte de journaliste avait été délivrée au dernier des Allyn-Weberson avant qu'il écrivît une ligne sous son pseudonyme. Cédric Erg ne manquait pas de comptes à régler. Prendre autorité sur le chaos des signes et des événements par des lieux communs était à son sens le comble du leurre, mais ses pairs appréciaient son courage et sa liberté d'esprit. S'il avait pour bête noire toutes les industries prédatrices, comme les grands laboratoires pharmaceutiques ou les trusts pétroliers, la gent au pouvoir le redoutait plus encore, car il avait la dent dure envers les paillasses, portefeuillistes et autres rois à l'engrais.

Bluffé par sa recrue, le directeur de la publication lui accordait toute latitude pour trahir sa caste dans les grandes largeurs à la condition impérieuse de ne jamais dévoiler son identité. « Vous y perdriez toute crédibilité, en plus de risquer votre peau », lui avait-il déclaré avec une certaine alacrité.

III

La jeune femme le salua à peine dans l'ascenseur. Mal à l'aise, Swen Geisler se redressa un peu sur la pointe du pied gauche et allongea le cou pour rééquilibrer une physionomie approximative. Accoudé quelques minutes plus tôt au zinc du Vermont, le café-tabac en vis-à-vis de l'immeuble de l'agence de presse, il l'avait aperçue voguant au grand soleil et s'était précipité dans son sillage, d'un pas d'androïde détraqué, les yeux fixés sur la houle inflexible de ses hanches.

Lorna Leer mobilisait toutes ses facultés cérébrales, côté sentiment, depuis qu'elle s'était présentée rêveusement à lui dans la grande salle des dépêches pour s'informer de la météo en Slovénie où elle devait se rendre pour couvrir un attentat sanglant à l'ambassade de France. Elle aurait pu s'adresser à n'importe quel transcripteur présent à l'étage, comme on demande l'heure, mais le hasard l'avait si bien élu que, soudainement face à la plus belle femme du monde, une fulguration passa d'elle à lui, réduisant tout bon sens en escarbilles. Si un infime degré d'espérance suffit à provoquer la naissance de l'amour, un fort dosage de désespoir peut tout aussi bien rendre amoureux fou. La journaliste l'avait remercié d'un sourire inoubliable, pur joyau dont sa mémoire serait l'écrin. Depuis ce jour, dès qu'elle resurgissait des antipodes, il n'avait de cesse de la suivre, en ombre claudicante, où qu'elle aille, entre les halls de l'agence et les rues adjacentes, prêt à allumer ses cigarettes ou à lui servir de portier.

Lorna quitta l'ascenseur au deuxième niveau avec un de ces mouvements fondus à peine esquissés de l'épaule et du visage pour signifier un vague salut sans regard. Son parfum qui emplissait la cabine valait une communion charnelle. Parvenu au quatrième niveau, Swen se rendit à son poste de travail, sourd aux mots distraits de bienvenue de ses collègues accaparés par une pluie d'informations satellitaires. Devant l'écran, comme pour reprendre conscience, il fit défiler les derniers échos.

Des chercheurs de la NASA ont détecté une nouvelle forme de vie au fond d'un lac de Californie : une bactérie capable de se développer à partir de l'arsenic, un violent poison naturel. Découverte bouleversant toutes nos connaissances sur les organismes vivants, cette bactérie, qui incorpore des éléments arsenicaux dans son propre ADN et

dans ses cellules, vient confirmer l'hypothèse que des lois biologiques inédites puissent exister sur terre et dans l'univers.
Surpris en flagrant délit, un homme de 37 ans a été condamné vendredi par le tribunal de Nancy à un mois de prison avec sursis pour le vol caractérisé dans les principaux cimetières de l'aire urbaine nancéienne de dizaines d'angelots et de vierges qu'il disposait autour de l'urne funéraire de sa chienne.

L'ONU a estimé ce jeudi que l'ampleur de la pollution pétrolière dans le sud du Nigeria devrait nécessiter la plus vaste opération de nettoyage connue à ce jour. Selon une étude du PNUE présentée jeudi à Abuja : « La restauration environnementale de l'Ogoniland pourrait bien être l'exercice d'assainissement le plus considérable jamais réalisé dans le monde si l'on veut ramener à un état entièrement sain l'eau potable, les sols, les criques et les écosystèmes importants tels que les mangroves. » Ce chantier sans précédent demandera entre 30 et 40 ans.

Deux ans après l'annonce surprenante dans une revue scientifique américaine de la possibilité de greffer une tête humaine sur le corps d'un donneur, le neurochirurgien italien Sergio Canavero, chef de clinique et grand expert dans les domaines de la neuromodulation, s'apprête à effectuer cette intervention historique dans les semaines qui viennent. Grâce à l'utilisation de substances chimiques permettant de régénérer les liens entre les faisceaux de fibres myélinisées, il serait désormais envisageable de raccorder les moelles épinières du donneur et du receveur et d'en réactiver conséquemment l'influx nerveux. Une équipe considérable de neurochirurgiens, chirurgiens plasticiens et autres spécialistes est d'ores et déjà mobilisée en vue du grand jour.

Un rictus d'enfant au coin des lèvres, Swen n'avait pas hésité à caviarder le nom de Cadavero ; il suffisait d'une lettre, ce qu'on appelle une coquille. Il prenait un malin plaisir à en agrémenter certaines dépêches sans qu'on lui en portât grief, par mansuétude ou franche incompétence. Son orthographe irréprochable lui autorisait ces petites fantaisies en un temps où il fallait corriger subjonctifs, accords du participe passé et noms à double consonne d'à peu près tout le personnel rédactionnel, à commencer par la direction. Dès qu'il avait quelque latitude, avec sa formation de *veille et recherche* sur internet, son habileté à contrôler les sources et à localiser le maximum d'informations fiables, Swen allait fourrager dans l'intimité télématique de Lorna Leer ; mais, à sa constante déconvenue, son profil utilisateur ne dévoilait rien de burlesque, de croustilleux ou d'attendrissant. Il eût tant aimé la découvrir toute nue dans une autre vie, en danseuse de cabaret ou en championne de natation.

À force de recouper ses recherches d'images, Swen remarqua la présence d'un même individu à ses côtés en des circonstances diverses. En ciblant le nouveau venu, il finit par cerner son identité. Il s'agissait bien du chroniqueur polémiste Cédric Erg. Un gaillard en complet veston d'un mètre quatre-vingts qui couvait Lorna d'une prunelle de bellâtre. Malade de jalousie, Swen dévia aussitôt sur le journaliste ses filatures digitales. Un bon enquêteur muni des outils adéquats finissait toujours par dégoter quelque secret inavouable sur la toile. Même un ange y laisserait ses plumes. Cependant l'homme semblait avoir bétonné son image de justicier sans peur et sans reproche. Swen remonta les années autant qu'il put mais la trace de Cédric Erg disparaissait prématurément. Rien sur les sites d'anciens élèves et d'amis d'autrefois. Ce patronyme peu porté, dont la signification devait se décliner de l'ergotisme et du « mal des ardents », le laissait littéralement dans un désert de dunes. Par une coïncidence outrée qu'il voulut attribuer au redoutable système enfoui de sa cervelle, Swen repéra un document confidentiel déclassé d'une défunte association de malades financée en son temps par les laboratoires pharmaceutiques. Il y était tout bonnement question du chroniqueur et de ses probables liens de parenté avec Morice Allyn-Weberson. La biographie de ce dernier sur les bottins et almanachs le mit cette fois sur la piste d'une première épouse née Erguson et d'un fils unique prénommé Cédric. Il ne restait plus à Swen que de comparer ses recoupements pour obtenir une certitude. Il tenait sa vengeance. Lorna Leer allait bientôt apprendre de quelle espèce de traître ou d'espion elle s'était entichée.

IV

Cependant, aucun de ses collègues jamais, pas un seul de ses lecteurs, ne parut établir de rapport entre la personne du chroniqueur et la société M.A.W. Cédric avait coupé tous les ponts imaginables avec son ancienne appartenance, mis à part celui bien oublié de sa filiation maternelle. Sinon quelque enquêteur monomane souffrant du syndrome d'Asperger, nul n'aurait pu faire le lien entre Cédric Erg et la première épouse falote de l'industriel depuis longtemps gommée des mémoires. Installé près de Genève où se tenait le siège de ses sociétés, Morice Allyn-Weberson s'était remarié deux ou trois fois et n'eût pas manqué de divorcer, vingt-cinq ans plus tôt, si la mère de Cédric n'avait devancé dramatiquement ses intentions.

Grâce à de nouvelles lunettes et un collier de barbe, le transfuge s'était fabriqué une autre tête. Les années passèrent et nul ne l'ennuyait plus de compliments dans l'espoir d'une faveur d'un richissime collatéral. Lui-même était devenu pauvre, presque impécunieux : à peine de quoi acquitter le loyer d'un cent mètres carrés rue du Regard et s'offrir les meilleurs whiskies *single malt*. Jalouse de son indépendance, sa compagne ne trouvait rien à redire à leur train de vie. Journaliste de terrain un peu casse-cou, reporter à l'occasion pour une grande agence de presse parisienne, Lorna Leer ne s'était aucunement formalisée de ce goût du secret. Son amant était pour elle une sorte d'amnésique sélectif qui n'oubliait rien de ses confidences. Le couple vécut toute une année dans une complicité épisodique entre deux éclipses professionnelles. La jeune femme avait compris à demi-mot le drame générique de l'enfance de Cédric. D'un naturel conciliant, malgré sa soif de liberté, elle n'attendait de lui qu'une tendre amitié et de fortes étreintes.

Il y a des gradations subtiles dans la prédilection, tout fluctue, l'amour va et vient pareil aux songes ou aux nuages. Ainsi s'était-il mis à aimer Lorna d'une passion entière la seconde qui suivit la découverte d'un grain de beauté sur sa nuque, en bas de l'oreille gauche. Comment l'expliquer ? C'était un soir d'été à Florence. Ils avaient fait l'amour agréablement, sans cette sauvagerie de circonstance que les amants se prodiguent volontiers à leurs débuts. En soulevant sa lourde chevelure couleur d'ambre, Cédric fut saisi d'un trouble incompréhensible, comme si le sens de l'univers lui était soudain révélé sans autre développement. Il baisa la nuque de Lorna à cet endroit, des larmes aux yeux, avec le sentiment intense d'avoir déjà vécu ce moment autant de fois que l'éternité eût pu réserver de coïncidences ou de simultanéités à quelque malheureux immortel. La jeune femme ne s'aperçut de rien, elle s'endormit ainsi lovée, peau contre peau. Ce corps à l'ample respiration venait de prendre une valeur sentimentale inestimable, à cause d'un grain de beauté. L'aimait-il pour elle-même, cette merveilleuse Lorna dont il venait de surprendre par hasard, juste sous le lobe de l'oreille gauche, une manière d'identité dérobée ? Il s'endormit peu après, la face dans ses cheveux, songeant que nul n'est aimé puisque, sans cesse, on se trompe d'adresse ou de personne avec la même prodigieuse opiniâtreté.

V

Une brusque averse de grêlons balaya les volets de fer entrebâillés dans un fracas de cataracte. Cédric Erg se remémora instantanément son rêve cauchemardesque, le pont mal éclairé, le négociateur aux allures de maître de cérémonie funèbre. Il avait tout perdu avec Lorna, pas seulement son apparence physique. Elle avait été, elle demeurait la vivante sensitivité de son âme, ou de ce qui en tenait lieu quelque part sous la boîte crânienne. Allongé tout habillé sur le lit défait, les yeux au plafond, Cédric considéra les lueurs du dehors brouillées par cette pluie sonnante. Comment résumer l'aventure ? Depuis sa rencontre avec Lorna, il avait trouvé un équilibre et ne se posait plus guère de questions d'identité. Ses enquêtes pour sa chronique hebdomadaire lui demandaient une belle détermination, compte tenu des diverses pressions et chantages que ses révélations suscitaient presque inévitablement. Cédric Erg ne se contentait pas de rapporter des allégations sur la lancée de vagues rumeurs, il donnait des preuves imparables. Qu'on massacrât des populations entières pour exploiter de nouvelles mines d'uranium, tout le monde en avait eu vent, mais Cédric fournissait des constats et des noms. Les laboratoires pharmaceutiques, sa cible favorite, lui envoyaient régulièrement des signaux sans équivoque pour un franc-tireur du réquisitoire. Menaces de procès et autres intimidations le laissaient de marbre, ou plutôt de brume. On l'espionnait, à coup sûr ; à moins d'une coïncidence exagérée, il en jurerait, on avait même tenté de l'atteindre dans son intégrité physique. Depuis quelque temps, il prenait certaines précautions. L'obtention d'un port d'arme et l'usage systématique de voitures de location pour ses déplacements changeaient peu de choses à ses habitudes. Les risques du métier faisaient partie du métier. Un journaliste d'investigation, dès qu'il touche à la collusion entre industrie, finance et politique, sait pertinemment à quoi s'en tenir. Sa vie professionnelle avait d'ailleurs peu de consistance en regard de sa passion pour Lorna, charnelle, follement amoureuse, tellement envahissante qu'il n'avait tout le jour dans les yeux que des images de sa nudité, de son visage, d'un grain de beauté sous l'ourlet de l'oreille.

Aussi désabusé par ses fredaines qu'il était hostile à ses activités de journaliste, son père le laissait désormais à peu près tranquille, même si ses informateurs, gestionnaires et subordonnés en tout genre, étaient vraisemblablement toujours à l'œuvre.

Tout arriva aux premiers jours du printemps. Pas le moindre avertisseur, nul astre de la fatalité n'annonce un drame intime ou une tragédie. Cédric Erg bien au contraire nageait dans la félicité. À bord de *L'Évasion*, un cinq-mâts de plaisance cinglant entre Athènes et les Cyclades pour un périple d'une huitaine en bonne compagnie, il avait cru pouvoir abandonner toute réserve et rendre enfin les armes. C'était un soir, sur le pont, face aux récifs en sentinelle devant l'île d'or de Paros.

— Je t'épouse quand tu veux, Lorna, dit-il sans réfléchir, dans l'exaltation d'un instant élu. Tu es bien la femme de ma vie...

La jeune femme ne répondit pas aussitôt. Elle eut un sourire triste et lui serra la main, ses yeux bleu-gris immensément tournés vers lui. Minuscules dans les hautes vergues, des marins carguaient les voiles ou réparaient quelques menus dégâts dus à une collision malencontreuse au sortir du port d'Athènes. On entendit un chant railleur hachuré par la brise et les cris mêlés des goélands.

— Je crois plutôt que nous allons nous quitter, répondit-elle enfin, d'une voix mal assurée.

Cédric sut à son regard qu'elle disait vrai et en reçut une sorte de commotion très amortie, un peu irréelle, loin encore de toute intériorisation, mais qui allait l'anéantir, comme s'il avait entrevu au loin la crête d'une vague scélérate. Sans répondre, un peu chancelant à cause du roulis, il alla déambuler autour du mât de misaine, sur l'avant-pont balayé d'embruns que les plaisanciers avaient déserté. On s'agitait toujours aux manœuvres là-haut. Il y eut soudain un craquement sinistre au niveau de la vigie. Une cigarette aux lèvres, Cédric entendit un bruit de déchirure accompagné d'un vif chuintement qui s'acheva contre son dos, si violemment qu'il n'éprouva qu'une sorte de fraîcheur envahissante, dans l'explosion sourde de tous ses sens, songeant un quart de seconde à ce que devait ressentir le décapité quand tombe le couperet. Étouffé par la houle, son cri s'ajouta aux piaillements des goélands ; mais les marins qui avaient vu choir un support de bois et de ferraille du poste de vigie hurlèrent bien plus fort.

Des passagers et des membres de l'équipage accoururent au pied du mât de misaine. Des mains se tendaient déjà vers la victime aux jambes baignées d'écume. Un officier ordonna de ne pas toucher à cette masse bardée d'acier en travers du corps accidenté. Il y avait par chance un médecin à bord. En état de choc, Lorna avait perdu de sa morgue et sanglotait, le souffle coupé. Un steward fut chargé de la conduire dans sa cabine tandis qu'étaient dispensés les premiers secours. Une heure plus tard, après avoir été déposé sur l'île de Paros à bord d'un bateau de sauvetage de la police maritime, un hélicoptère transportait Cédric Erg vers un hôpital d'Athènes.

VI

Anesthésistes et chirurgiens s'étaient relayés avec une diligence avertie au bloc opératoire : tout ce ravaudage semblait voué à l'échec ; la neuro-imagerie témoignait pourtant d'une relative activité des fonctions cérébrales. Placé sous assistance respiratoire, le patient présentait quantité de fractures et de lésions gravissimes. Après une kyrielle d'expertises, deux spécialistes des traumatismes médullaires avaient paré au plus pressé : décompresser la moelle et stabiliser le rachis, mais l'annonce d'une double déchirure au niveau des cervicales avait sensiblement ralenti le ballet des gestes utiles au point que le professeur Andreas Agno, omnipraticien au service des urgences, dut réveiller d'un mot vif les énergies du personnel. Trois équipes se succédèrent après le retrait provisoire des neurochirurgiens ; une fracture ou un organe lésé pouvait être aussi fatal qu'un facteur d'embolie. Placé en coma thérapeutique, aussi bas que possible sur l'échelle de Glasgow, le patient ne s'en sortirait probablement pas.

— C'est ce qu'on peut lui souhaiter de mieux, songea Andreas Agno en ôtant lui-même sa blouse dans le sas stérile.

— Il est fichu, dit ouvertement son collègue Emilio Panzi, un jeune praticien sicilien coopté par l'hôpital universitaire d'Athènes pour ses compétences en immunologie.

Le chirurgien-chef eut un geste agacé, mais son bras retomba aussitôt.

— Sans doute, admit-il. S'il survivait, ce serait terrible pour lui et son entourage, mais notre rôle est de tout tenter dans cet unique but, n'est-ce pas ?

En levant le front, Emilio Panzi croisa l'œil gris du Grec et comprit que celui-ci n'attendait aucune réponse.

— Vous parlez anglais ? ajouta Andreas Agno. Allez donc trouver Mlle Leer dans la salle d'attente, racontez-lui ce que bon vous semble. Il y a des situations où donner de l'espoir aux gens ou les désespérer s'équivaut…

Il devait être deux heures du matin quand Cédric Erg quitta le bloc pour une chambre en réanimation d'où l'on venait à peine d'évacuer le corps d'un motard accidenté l'avant-veille. Le jeune chirurgien à qui avait été dévolu le rôle détestable d'aviser une plausible veuve en était revenu troublé au plus haut point. Belle à couper le souffle, malgré la dizaine d'heures passées dans un lieu mal ventilé et inconfortable, cette femme n'avait pas cillé en écoutant son verdict. Il avait appris à se montrer sans illusions dans les situations critiques, quitte à laisser une place au miracle. Mais pour le coup, la mort clinique lui paraissait imminente. « Je doute qu'il passe la nuit », avait-il calmement déclaré après les paraphrases d'usage sur l'état du patient et les soins prodigués. D'un bleu intense, les yeux de Lorna s'étaient étrangement éclairés.

— Il vivra, souffla-t-elle, la pointe de ses pupilles plantées dans son cœur d'homme.

— Son cas est pourtant désespéré, se permit-il d'avancer.

— C'est impossible qu'il meure maintenant ! ajouta la jeune femme sur un ton qui proscrivait toute réplique.

Elle avait demandé à voir son compagnon sur-le-champ, serait-ce à travers une vitre. Emilio Panzi ne sut comment parer cette effraction d'impérieuse beauté. Subjugué, il dérogea presque à son insu au règlement en la conduisant d'un sas de conditionnement, où Lorna enfila sans un mot blouse et moufles de plastique, jusqu'à la chambre 27 du secteur des urgences. Plongé dans le coma, les paupières crispées, Cédric semblait méditer sur le profond cauchemar de la réalité. Intubé et branché sur divers appareils, il respirait par une sorte de violence imposée, en cobaye de sa propre survie.

Lorna lui avait touché la main du bout des doigts.

— Il a l'air d'un supplicié, dit-elle.

— On doit parer à tout, une chute de tension ou un manque d'oxygène aggraverait les lésions…

Le chirurgien considéra la jeune femme. Il aurait pu lui expliquer quel serait l'avenir – la paralysie totale, l'asphyxie, les spasmes, l'atteinte progressive des organes internes, reins, vessie, poumons, les dysfonctionnements sexuels et sphinctériens –, mais sa quasi-certitude d'une issue létale rendait toute parole superflue.

— Laissez-nous, je dois lui parler, dit-elle.

— Il est en stade 3, répondit l'Italien. Coma carus, vous savez ce que cela signifie ?

— C'est pour moi, laissez-nous…

Le professeur Panzi lui demanda d'être brève, puis il songea que ça n'avait aucune importance, qu'elle pouvait même arracher tous ces fils comme l'une ou l'autre des *Tria Fata* : rien du destin de cet homme n'en serait sensiblement modifié.

Restée seule, la porte cependant ouverte comme l'exige le service de réanimation, Lorna s'était penchée très près du visage de noyé de son amant, si dramatiquement paisible. « Est-ce que tu m'entends, est-ce que tu reconnais ma voix ? Je t'aime, Cédric, je n'ai jamais cessé de t'aimer, mais nous ne pouvions plus vivre ensemble, il y avait trop d'habitudes entre nous, on ne pouvait plus s'endormir comme ça, aveuglément, sur notre amour… » Elle chuchota ainsi profusément à son oreille, peu à peu délivrée à force d'aveux. Pour la première fois depuis que l'idée de séparation avait mûri en elle sans qu'il s'en doutât un instant, Lorna se confessait à lui. Elle y mettait une sorte de complaisance brutale, comme si elle avait espéré revenir sur sa trahison, la remodeler en vague complicité amoureuse, mais le corps inerte de Cédric finit par la rappeler à sa solitude.

— Tu vivras ! dit-elle à voix basse en se relevant, prête à quitter les lieux.

Dehors, en quête d'un taxi, Lorna poursuivit mentalement l'invective. On l'avait instruite peu de jours avant l'accident de la véritable identité de son compagnon. Un courriel anonyme et sans doute malveillant dont elle avait dû assez vite admettre la justesse. Cette révélation glaçante s'était insinuée en elle jusqu'à lui inspirer sa décision de rompre. Cédric l'avait trompée des années avec lui-même, avec un étranger. Mais cette dualité n'existait plus. Sans conscience, paralysé, ce corps qu'elle connaissait si bien, plus que le sien même, s'abandonnait au vide antérieur, là où toutes les identités se résorbent. Lorna se tourna vers la façade du Metropolitan Hospital. Elle chercha vaguement des yeux l'étage du service neurologie. Son regard erra sur les fenêtres des chambres. C'est d'une voix fracturée par l'émotion ou la colère qu'elle s'exclama :

— Aussi vrai que tu es le fils de Morice Allyn-Weberson, je sais que tu vivras !

VII

Un vent vif balayait le ciel d'Athènes, révélant les basses montagnes alentour et, visible depuis la colline de Lycabette, le port du Pirée et ses norias de ferries. Depuis le taxi qui la conduisait au Metropolitan Hospital, Lorna considérait les sinistres alignements de béton des immeubles coupés à angle droit d'une rue l'autre et coiffés çà et là de ruines antiques. Ces foules mêlées, sur les places et les accotements investis par les magasins de breloques, les marchés et les restaurants à touristes, elle s'obligeait à en délier les constituants, à choisir dans cette masse anonyme un visage d'homme d'âge moyen, le temps d'un ralentissement ou d'un feu rouge, n'importe lequel, en se concentrant sur l'idée qu'elle aurait pu l'aimer, le connaître intimement des années comme Cédric. Qu'est-ce qui pouvait différencier l'inconnu du hasard de l'homme de sa vie, sinon l'empreinte absurde des habitudes ? Lorna ferma les yeux sur cette agitation urbaine si semblable à la pagaille d'impressions et de pensées qui encombrait sans discontinuer sa conscience. Vingt-sept jours s'étaient écoulés depuis l'accident de *L'Évasion*, au large de l'île de Paros. Combien de temps un tel drame reste-t-il en suspens de la réalité, inassimilable ? Cédric n'était pas mort, même cloué à jamais dans son squelette. Il lui fallait pourtant faire le deuil de l'homme qu'elle avait cru connaître et plus encore de celui qu'elle aimait physiquement et de toutes les manières. Après sa décision de le quitter vite évanouie sur le cinq-mâts, elle s'étonnait de l'inconstance des choix humains, sans grand rapport avec l'ancrage réel des sentiments et des passions. Le taxi pénétra dans l'aire de l'hôpital, longeant des façades de verre et d'acier. Une ambulance s'était rangée sur la voie de stationnement du service des urgences. Confrontés à l'ordinaire banalité, deux infirmiers déchargèrent d'un air jovial un brancard recouvert d'une protection d'aluminium. Sans doute devaient-ils échanger des propos anodins tandis que, sous leurs poignes, une vie plus incertaine que la flamme d'une chandelle grelottait, entre combustion et extinction.

Lorna détourna la tête. Depuis sa découverte, depuis qu'elle savait qui était le père de Cédric, une impression déplaisante d'irréalité s'était emparée d'elle, en plus de cette âcre stupeur au goût de blessure. La fortune des Allyn-Weberson s'était interposée entre elle et la brutalité des faits. Averti par ses soins, le magnat de l'industrie pharmaceutique allait sans doute prendre dans sa main d'or le destin fracassé de Cédric. Ainsi serait-elle affranchie d'obligations insoutenables. « À mon corps défendant », songea-t-elle, aussitôt effrayée du sens des mots.

Égarée dans les couloirs de l'antenne de neurochirurgie de l'hôpital universitaire, Lorna crut apercevoir le chef du service ; elle s'empressa vers lui, avide de nouvelles, mais la silhouette se déroba sans l'attendre et disparut dans un ascenseur. Saisie d'angoisse à l'idée qu'on voulût l'éviter, elle s'arrêta pour reprendre son souffle et haussa les épaules en se disant que les chirurgiens prenaient plutôt plaisir à annoncer les mauvaises nouvelles. Elle retrouva le bon service et remonta le couloir aux portes entrouvertes sur des lits appareillés, d'où un pied nu ou la pyramide drapée d'un genou évoquaient l'abandon extrême de la solitude. Parvenue devant la chambre 27, elle ressentit dans sa chair la violente ténuité de l'instant. Cédric dormait du fond d'un abîme en remuant les lèvres. Incapable de supporter le spectacle de ses mains enroulées et de son visage bouffi, elle sortit marcher d'un bout à l'autre du corridor, l'esprit confus. Tétraplégique, incapable d'émettre un son, Cédric était sorti du coma depuis quelques jours et ses yeux imploraient la délivrance. Il venait d'articuler des mots à l'instant dans son sommeil, comment en douter ? Elle avait vu ses lèvres dessiner un appel au secours.

VIII

Cédric Erg avait survécu aux trois opérations successives que le professeur Andreas Agno planifia par pure conscience professionnelle, à seule fin de réduire les troubles post-traumatiques. D'avoir traversé l'épreuve du bloc sans modification sensible du pronostic vital, graduellement, le sujet était passé de l'état de patient à celui de cobaye privilégié. En centre hospitalier universitaire, les lésions médullaires complètes, sorties des urgences et en l'absence de toute amélioration, seraient presque du ressort de la dissection pédagogique. C'est ce que constatait une fois de plus Emilio Panzi alors qu'il visualisait l'imagerie de la charnière cervico-dorsale et du rachis de profil et de face. Mais ce cobaye-là était sorti du coma et ne servirait plus aux travaux pratiques des jeunes disciples de Galien et d'Hippocrate. Il comprenait mal la fureur du chirurgien-chef. N'allait-on pas le libérer d'un lit et d'une responsabilité finalement redoutable ? Des instances haut placées étaient intervenues pour organiser son transfert dans un centre hospitalier de la péninsule italienne, au prétexte que l'état du patient requérait des soins « relevant d'une technique non pratiquée au sein de l'établissement ». Selon le principe du libre choix, Cédric Erg, qui avait recouvré presque toutes ses facultés mentales, aurait donné son aval d'un simple clignement d'yeux. Bon manieur de bistouri et prudent diagnosticien, Andreas Agno n'avait certes pas les compétences des chirurgiens nobélisables de Turin ou de Milan.

Emilio Panzi releva le front sur un rai de soleil, songeant que tout cela ne le concernait plus guère. Son année de remplacement s'achèverait d'ici quelques semaines ; il allait rentrer à Rome avec beaucoup de soulagement et quelques regrets. Diffracté, le rayon de soleil traversa la fenêtre du corridor et la baie du bureau de garde. Une silhouette mauve glissa à ce moment le long du vitrage. Il hésita à la reconnaître tant l'attirance et le déplaisir luttaient en lui. Convoiter la compagne d'un patient tétraplégique le dérangeait moins que d'avoir à la démoraliser. Mais c'était bien Lorna Leer, toujours aussi séduisante, davantage encore d'être si délicatement marquée de minuscules ridules sur le front et de jolis cernes à peine violacés en harmonie avec ses prunelles teintées d'azur. L'épuisement et l'anxiété, chez les très belles femmes, avaient le charme du renoncement. De retour de la chambre 27, Lorna entra sans frapper après un petit signe de tête derrière la baie vitrée.

— On m'a dirigée vers vous, dit-elle. Il y a du nouveau ?

Dans un geste de surprise autant que de coquetterie, Emilio Panzi ôta ses lunettes.

— Comment, vous ne saviez pas ?

— Expliquez-vous ! dit vivement la jeune femme.

— Votre compagnon va être pris en charge par le fameux hôpital Spalline de Turin, les ordres de transfert viennent directement du ministère de la Santé.

Lorna parut soulagée. Elle avait craint un retour à l'état antérieur. Tant que le cerveau de Cédric conserverait son intégrité, il n'était pas absurde de couver au fond de soi l'audace de l'espoir.

— Quand le transportera-t-on là-bas ?

— C'est une histoire de jours. Vous n'ignorez pas dans quelles mains il va tomber. Vous seule pourriez encore arrêter cette machine infernale. Mais j'imagine que vous avez donné votre accord. Est-ce que je me trompe ?

— Cédric me l'a demandé.

— Vous savez bien qu'un clignement de paupières n'est pas une signature.

— Il préférerait cent fois mourir plutôt que de végéter dans un pareil état. Il m'en a souvent parlé, comme une prémonition…

— Réfléchissez, nous sommes en plein délire !

Tout ça relève du domaine de la science-fiction. Il y a une chance infime pour que l'opération réussisse, pour qu'elle ait lieu, même. C'est trop d'impératifs à rassembler en un temps record. Et puis dans notre partie, les premières expérimentations novatrices sont généralement vouées à l'échec.

— Le professeur Georgio Cadavero et plusieurs équipes internationales de spécialistes y travaillent d'arrache-pied depuis deux ans.

— D'arrache-pied, dites-vous...

— C'est ce que m'a expliqué au téléphone le père de Cédric.

— Le milliardaire Morice Allyn-Weberson n'est-ce pas ? Nous avons tous été très surpris...

— Je ne l'ai jamais rencontré. C'est la chance de Cédric d'être un héritier. Moi, j'aurais donné ma vie pour lui, même si elle ne vaut pas grand-chose !

— Pourtant vous avez voulu le quitter...

— Qui vous l'a dit ? s'écria Lorna.

— Quand votre compagnon s'est mis à parler, ses premières paroles étaient pour vous. Il disait qu'il vous aimait. Il vous suppliait de l'épargner, de ne pas le tuer froidement, c'étaient ses mots...

IX

Le jet privé atterri à l'aéroport Sandro-Pertini de Turin Caselle fut retenu inopinément sur le tarmac à cause d'une alerte à la bombe sans conséquence. Le professeur Mirami, neurologue attaché à la direction de l'hôpital Spalline, manifestait sa contrariété à bord de l'ambulance envoyée par l'établissement. Ces histoires d'alertes, presque quotidiennes, finiraient par bloquer la société et ruiner son économie.

— Calculez le temps perdu rien qu'en Italie ! maugréait-il à l'adresse des infirmiers dubitatifs. Dans les aéroports, les gares, les entreprises ! Ça se chiffre en millions, en milliards d'euros !

Retardée plus de deux heures, l'ambulance pénétra en fin de journée dans l'enceinte de l'hôpital. Venu de Genève, le docteur Servil, homme de confiance de Morice Allyn-Weberson délégué pour superviser cette prise en charge, s'impatientait lui aussi à l'accueil du service de neurochirurgie. La moindre anicroche pouvait lui valoir une mise à pied. C'est avec un soupir de soulagement qu'il salua le professeur Mirami descendu furibond de l'ambulance tandis que le crépuscule soufflait des braises dans le contre-jour. Tous deux accompagnèrent le brancard jusqu'à la chambre 7 d'un service spécial du département des transplantations. On administra un puissant sédatif au patient à peine installé. Le médecin suisse et le professeur Mirami, grande carcasse au crâne plus bosselé qu'une tortue alligator, s'en retournèrent plutôt satisfaits.

— *Missione portata a termine*, lança ce dernier.

— Comme vous dites ! soupira le docteur Servil à qui il restait d'envoyer au plus vite son rapport au vieillard inclément de Genève.

Le lendemain, au petit matin, Cédric se réveilla les yeux dans le rectangle d'azur délimité par une haute et étroite fenêtre. Le ciel avait la profondeur de l'oubli. Il ressentit peu à peu la pesanteur écrasante de ses membres, comme s'il s'enfonçait indéfiniment dans une terre meuble. Rien n'était venu encore distraire son esprit quand deux infirmières inquiétantes de beauté entrèrent. L'une d'elles poussait un chariot ; l'autre rabattit sans attendre le drap sur sa nudité.

— *Buongiorno, signore ! La incomodiamo soltanto per la sua toilette della mattina.*

Elles le nettoyèrent et l'emmaillotèrent en silence d'un air parfaitement serein. Leurs mains, froides couleuvres, glissaient sur son corps tandis qu'elles l'observaient comme une chose d'espèce intermédiaire, ni bien vivante ni vraiment morte. Il se dit que le coma lui avait longtemps épargné cette épreuve. La honte ressentie aurait pu s'atténuer en mimant l'endormissement, mais ses yeux exorbités ne pouvaient se détacher des créatures dansantes qui le manipulaient. Sa vacuité d'infirme total, incapable de bouger un doigt ou de maîtriser ses sphincters, faisait de lui l'otage d'une odieuse machine sanitaire. Il s'était réveillé dans l'organisme d'une espèce de nouveau-né douloureux au crâne trop lourd qui eût gardé toute la conscience de sa vie antérieure. Impossible toutefois d'agiter les bras et les jambes. Sa langue seule bougeait sans qu'il veuille ou puisse parler. Après l'avoir langé et rebranché à la pompe à nutrition, les infirmières s'en furent, laissant derrière elles une odeur d'éther et de savon noir.

Que devenir ainsi cloué à l'inerte, chose qu'on traîne et pousse comme à son insu ? Personne n'avait trouvé nécessaire de lui expliquer les motifs de son dépaysement. Il avait seulement acquiescé à d'étranges balbutiements. Consentir, dans son état, valait une initiative. La veille, on lui avait inoculé de puissants sédatifs : une piqûre pour l'Italie ! C'est dans le plus profond sommeil que son transfert eut lieu. La couleur du ciel le lui confirmait davantage que l'idiome des infirmières ou cette cellule de soins intensifs. Maintenant il attendait, inutile au monde, dans un désespoir insondable. Lui faudrait-il endurer sans fin tout cet appareillage ? Il eût aimé mourir comme on s'endort, à force de concentration, arrêter ce cœur, seul organe animé au creux d'une statue molle.

À travers la fenêtre, très atténué, le chant d'un merle mobilisa soudain toute son attention. Depuis la branche visible d'un hêtre, les séquences mélodiques se succédaient, flûtées, avec des silences de muezzin. L'oiseau improvisait sur un thème éternel. Une petite mécanique harmonieuse déclarait son désir à l'espace vivant qui l'entourait. Cette radieuse palpitation d'ondes lui parvenait du fond d'un secret universel. Était-il possible que l'émotion musicale en fût absente ? Cédric ferma les yeux pour ne pas pleurer. Il avait perdu Lorna, ses bras ne pourraient plus l'enlacer. Un mur de verre les séparait. Ils étaient à jamais interdits de caresses. Elle se lasserait ; rien ne s'efface plus vite que l'intimité charnelle. D'ailleurs, il ne se rappelait pas l'avoir revue ici. N'avait-elle pas prévu de le quitter avant même l'accident ? L'effroi et la pitié ne la retiendraient plus longtemps. Que pouvait attendre une jeune femme d'un invalide ? C'en était fini de lui. Il eût aimé arracher le fil de sa vie avec ses dents, débarrasser la place de ce résidu d'anatomie, prendre le grand chemin libre de la mort. Disparaître ! Ce mot avait une douceur absolue, pareil à la dernière goutte de sang d'une artère tranchée. Mais qui lui porterait secours ? Il ne voulait plus vivre un jour, une nuit de plus. Qui le sauverait de l'abomination d'être ainsi inhumé dans le tombeau d'un corps ?

Des pas nombreux résonnèrent dans le couloir, des bruits de voix derrière la porte entrouverte. Une petite foule de blouses blanches investit peu après la chambre et cerna le tétraplégique. La haute stature d'un praticien aux tempes grises s'imposa au pied du lit. Autour de lui, attentif à ses moindres paroles, un staff de chirurgiens et d'anesthésistes aux mines compatissantes semblait poser pour une photo de classe tandis qu'une jeune femme à la peau luisante, les lèvres pincées, pianotait sur un ordinateur portable. Le professeur Mirami acquiesçait avec un vaste sourire à toutes les recommandations de Georgio Cadavero.

— Nous préparerons le patient à l'heure dite, *dopodomani* ou *entro un anno !*

— J'ose espérer que ce soit plus proche d'après-demain, répondit le chirurgien-chef. Coordonner et maintenir prête à l'action une équipe de cent spécialistes n'est pas une mince affaire...

— Et ça nous coûte plus cher à la journée qu'un plateau de Cinecittà ! ajouta en français le docteur Servil.

Les yeux mobiles, Cédric constata une fois de plus combien le corps soignant usait de lui en spécimen clinique, avec un fond de complaisance paterne, sans ménagement pour sa problématique condition d'être humain. Bien qu'il eût quelques notions d'italien, l'esprit troublé par les drogues et l'effet récursif des anesthésies, il ne comprenait pas grand-chose à ce qui se racontait. Cette affluence de blouses blanches l'intriguait au plus haut point. Guère d'étudiants parmi eux, il s'agissait plutôt de professionnels aguerris. Le dénommé Cadavero s'adressait à l'assemblée avec un mélange d'autorité et de circonspection.

— Le protocole à suivre n'est pas très compliqué, disait-il. Nous avons tous réfléchi aux questions éthiques. Bien sûr, il y a des règles scrupuleuses à suivre, mais je suis persuadé qu'elles devraient évoluer positivement dans l'avenir. Quant à la faisabilité technique, quoi qu'en pensent nos confrères français, nous l'avons assez amplement démontrée...

Un vieux praticien au cou de poulet coincé par un nœud papillon intervint en anglais, provoquant un sursaut de réticence chez son mentor. Était-ce parce que le patient tout ouïe manifestait sa surprise par un râle ?

— Nous y réfléchirons en temps et en heure, cher collègue ! coupa Georgio Cadavero. M. Cédric Allyn-Weberson devra bien évidemment renouveler son accord. Tout ce que nous entreprenons s'inscrit dans la plus stricte légalité.

X

Lorna Leer s'était donné vingt-quatre heures pour se décider. Elle passerait une nouvelle nuit dans cette ville de tous les chemins ; selon l'humeur du moment, elle prendrait le train pour Turin ou resterait quelque temps sur l'invitation d'Emilio. Avec ses cours palatiales, ses ruelles tranchées dans l'ombre bleue et ses ruines d'or au crépuscule, Rome pour elle s'était faite en un jour. De la piazza Navona à la basilique Sainte-Praxède ou des thermes de Caracalla à la fontaine des Tortues, elle avait erré des heures avec en tête l'image d'un corps détruit sur un lit d'hôpital, un corps d'homme si intimement connu. Surnageant à cette nauséeuse épave de chair, le visage de noyé de son cher amour flottait, immatériel dans la lumière poudreuse. La douleur aiguë de la spoliation physique la traversait par intermittence au point de vaciller. À mi-distance de l'Area Sacra et du Capitole, au coucher du soleil, elle s'était presque évanouie, bras et buste plaqués contre le socle d'albâtre d'une cariatide.

De retour avant la nuit chez son hôte, elle se laissa faire sans états d'âme et, bientôt nue comme la veille, oublia ses errances avec une espèce de brusquerie aveugle. D'être bousculée et pénétrée sans préalable la contentait pleinement pour une fois. Incapable de s'arrêter aux linéaments de son désir, elle ne convoitait qu'insouciance et sommeil, dans l'élémentaire satisfaction de l'étreinte. L'homme se retira d'un mouvement de reins et se coucha sur le dos, laissant errer une paume humide sur l'aine de sa maîtresse. D'une jambe et de son bras libre, Lorna chercha nerveusement la fraîcheur des draps. Le sperme et la sueur refroidis d'un inconnu lui répugnaient un peu comme une empreinte de mort. Elle eut un long frisson de lassitude. Il y avait toujours eu pour elle un seuil d'aversion à franchir pour s'abandonner au plaisir.

— Tu t'éloignes, Lorna ? observa Emilio.

— J'ai trop chaud, donne-moi une cigarette…

Il ramassa un cendrier, le briquet et son paquet de blondes. Dans le mouvement qu'il fit vers la table de nuit, ses muscles dorsaux saillirent encore luisants de sueur.

— Pourquoi ne resterais-tu pas quelques jours encore ? dit-il en se redressant.

Lorna, les épaules carrées sur un entassement d'oreillers, expira un long ruban de fumée.

— L'opération est programmée pour lundi. Je tiens à le revoir avant, peut-être pour la dernière fois…

Emilio Panzi jeta un vif coup d'œil vers le profil de la jeune femme. Elle avait dit ces mots d'une voix un peu rauque, sans trouble apparent.

— Tu es toi-même chirurgien, ajouta-t-elle. Crois-tu qu'il puisse s'en sortir ?

— Le professeur Cadavero et son équipe affichent un parfait optimisme. Mais toutes les issues sont imaginables…

— Explique-toi franchement ! Quelles sont ses chances ?

— Comment savoir ? Jamais on n'a entrepris une pareille folie !

— Ses chances de survie, quelles sont-elles ? insista Lorna sur un ton étrangement neutre.

— À mon sens, quasiment nulles à brève ou moyenne échéance, si je dois être sincère. Je ne crois pas un instant qu'ils réussiront à reconstituer la continuité de la moelle épinière. Les singes du professeur White, puisque c'est la référence, n'ont pas survécu vingt-quatre heures.

— Il y a un demi-siècle ! s'écria Lorna.

Emilio écrasa sa cigarette sur le cendrier posé entre leurs deux corps nus.

— C'est exact, la science évolue, nous savons aujourd'hui recréer des organes à l'aide de cellules souches. Avec une solution de deux polymères, il est même possible de faire fusionner les cellules nerveuses. Mais il faut se rendre à l'évidence. Ces fameuses substances chimiques permettront sans doute de réparer un certain nombre de jointures entre les liaisons nerveuses, mais comment connecter en un temps record des milliers de fibres qui ont chacune leur rôle entre un receveur en hypothermie et un donneur en état de mort cérébrale ? Tu imagines quelle synchronisation digne de Dieu le père devront assurer cette centaine de chirurgiens et de préparateurs en train de se succéder par escouades avec pour mission impossible de ne pas commettre la plus infime erreur ? Et je ne parle pas des conséquences de l'irradiation corporelle totale et des problèmes d'immunosuppression et de rejet psychologique...

— Ils réussiront ! Le père de Cédric a payé pour qu'ils réussissent.

— Ton Cédric est un cobaye de luxe, sa tête vaut bien douze millions d'euros, une bagatelle pour un leader de l'industrie pharmaceutique ! Mais rassure-toi, au moins restera-t-il vivant dans l'histoire de la transplantation...

Lorna pila nerveusement son mégot, les yeux dans la tranchée nocturne de la fenêtre. Un mot de trop suffit pour qu'il n'y ait plus de lendemain possible. Elle prendrait à l'aube le train pour Turin. Le drap relevé sur sa gorge, elle se dit qu'on ne trompait personne avec son corps. On s'écartait seulement, plus étranger que jamais, un petit goût de désastre dans la bouche.

XI

C'est devant huissier et à la suite d'une expertise psychologique, dans le confinement de sa chambre d'hôpital, que le patient fut mis en demeure d'accepter ou non l'intervention dûment exposée par le professeur Cadavero. Convaincu de n'y point survivre, Cédric n'envisagea pas un instant les conséquences et implications éventuelles : tout valait mieux pour lui que la torture sans rémission d'un espace-temps pétrifié dans la prison du corps. Et si cette aventure, par prodige, aboutissait à lui rendre un peu de son autonomie, au moins y gagnerait-il les moyens physiques de décider de son destin.

Une fois tout ce monde sorti, il ressentit un intense allègement dans les zones inaccessibles de son esprit. Tout cesserait bientôt, il allait en finir avec cette épave suspendue au croc d'une vertèbre cervicale. Ce grand néant de vivre dont parlait D. H. Lawrence rejoindrait d'un coup le « total du grand néant ». Dans le puits d'abandon infini où il se trouvait depuis des siècles d'instants, c'est une étrange clarté qui l'envahissait à l'idée du rien si proche. Sans varier l'axe de son regard, il considéra la poussière dansante d'un rayon de soleil venu caresser sa main gauche sur le drap de son lit. L'exécution capitale d'un nouveau genre aurait donc lieu demain ou après-demain. On allait lui trancher la tête et cela le réjouissait au plus vide de son être. Cédric s'assoupit sur cette perspective, vite accaparé par les pantomimes d'un rêve. Pourquoi laissait-on s'égoutter la cire brûlante d'une chandelle sur son visage ? On l'avait coupé en deux sur le plateau noir d'une sorte de piano à queue éclairé par deux bougeoirs et la panique de ne plus savoir dans quelle partie du corps s'était réfugiée sa conscience lui arracha un cri inaudible autant qu'insituable : venait-il de la trachée béante au-dessus des épaules ou de sa gorge sans attaches ? À des distances considérables, une voix de femme fit vibrer la table d'harmonie. Quand il rouvrit les yeux, il reconnut le visage de Lorna penché au-dessus de lui.

— Tu dors ? disait-elle tandis qu'une larme brûlante tombait sur ses lèvres.

— Merci d'être venue, murmura-t-il d'une voix à peine plus sonore que sa respiration. C'est demain, je crois...

— Après-demain, j'ai vu l'assistant de M. Cadavero.

— On m'a parlé de rééducation, de décompensation, de soutien psychologique...

— Bien sûr, tout est prévu, il faudra du temps et de la volonté après l'intervention.

Cédric aurait aimé pouvoir soulever un bras pour effleurer les cheveux de sa femme, toucher sa joue vivante. Croyait-elle un instant qu'il survivrait à cette entreprise délirante fomentée par une brigue de chirurgiens en mal de renommée ?

— J'ai confiance, dit Lorna comme lisant en lui. Tu retrouveras ta mobilité, ta joie de vivre, ton travail...

Devant l'insoutenable fixité de son regard, il songea qu'une seule chose aurait pu lui faire espérer survivre, désormais hors de portée. Comment recollerait-il jamais à son être sans rien perdre des mille liens qui donnaient un visage unique à son amour ? Cette femme l'avait de si près accompagné, elle s'était offerte à lui sans réserve, avec violence, de la manière la plus crue. Un faible sourire lui vint en constatant que l'idée du désir traversait son corps détruit comme un ersatz de désir.

— Ça ne peut échouer, insistait Lorna. Il y a trop d'enjeux scientifiques...

— Et financiers, coupa Cédric. C'est toi qui as averti mon père après l'accident, n'est-ce pas ? Comment l'as-tu découvert ?

— Qui tu étais vraiment ? Un vieux passeport oublié dans la poche intérieure d'une petite mallette à soufflets. J'en cherchais une justement...

— Tu as fait ton enquête sur internet, tu as

comparé les noms, tu as retrouvé un Cédric Allyn-Weberson sur une photo de classe…

— Oui, enfin non. Un internaute anonyme s'en est chargé à des fins que j'ignore. Mais aucune importance. J'étais effondrée que tu aies truqué ta vie avec moi, quelle déloyauté ! Comme si j'avais été la couverture ou l'alibi d'un espion.

Cédric la considéra avec une vague perplexité. Dans l'état où il se trouvait aucune identité n'aurait pu prévaloir aux sentiments éprouvés. Les créatures naissaient sans nom puis mouraient dans le silence. Il n'y avait personne – à part des rencontres et parfois des étreintes. Est-ce que les oiseaux ou les rats se soucient d'état civil ? Il s'abstint cependant de tout commentaire.

— Mon père paye donc ces gens ? soupira-t-il, affligé par les tortueuses imputations qui échauffaient sa cervelle.

— Une fortune, oui ! Et ses collaborateurs contrôlent à peu près tout. Tu n'as vraiment rien à redouter…

Lorna avait consulté sa montre et s'agitait, à quelques secondes d'un départ qu'elle n'osait pas encore annoncer, les jambes décroisées, les doigts légèrement crispés sur son sac à main.

— Je t'aime, déclara-t-elle en manière d'adieu, sans la moindre équivoque dans la voix.

Il la vit disparaître et put constater dans les tréfonds de sa carcasse combien les manifestations physiologiques de l'émotion perturbent inutilement l'esprit rationnel. Il se souvint que Darwin ne leur attribuait pas plus d'efficience qu'à l'appendice et autres reliquats d'organes. Un héritage superflu de nos ancêtres. Mais par quelle magie son encéphale coupé des énergies vitales parvenait-il à enregistrer tous les symptômes de l'amour ? C'est bien plutôt d'une lobotomie dont il aurait besoin, pour abolir la souffrance d'aimer. Les affects flottaient si tristement sur sa matière grise, feux follets de la mémoire ! Après-demain, il en avait la conviction, son compte serait réglé, Lorna s'effacerait avec l'univers dans un spasme d'adieu. Grâce à la fortune maudite des Allyn-Weberson autant qu'à la funeste ironie du sort.

XII

L'intervention avait été préparée avec la rigueur d'un lancement de fusée-sonde. La clinique privée San Severo dont la réfection venait de s'achever fut retenue pour ses capacités d'accueil et sa parfaite technologie. Bien qu'il n'ignorât point les réserves du professeur Aimé Ritz, son vieil ami et distingué collègue de l'université de Médecine de Palerme, Georgio Cadavero avait accepté sa proposition. La clinique San Severo devait rouvrir ses portes au public dans quelques semaines. Les clauses de location stipulaient une scrupuleuse discrétion en cas d'échec afin de ne pas ruiner la réputation de l'établissement. Dans le cas contraire, celui-ci bénéficierait de l'effet médiatique qu'une telle prouesse ne pouvait manquer de générer. Aimé Ritz n'y perdrait rien : dix équipes de chirurgiens allaient mettre ses nouveaux équipements à l'épreuve dans le secret d'une sorte de répétition générale. Il avait étudié avec ses avocats toutes les implications juridiques, pour ce qui le concernait.

Tout était en place, un hélicoptère venait de transférer le corps du donneur dans son appareillage de survie artificielle. Le propriétaire des lieux, chirurgien neurologue en semi-retraite, avait obtenu comme la moindre des faveurs d'assister aux moments cruciaux de la transplantation. Il connaissait l'ambition de son ancien élève, au demeurant praticien hors pair à l'origine d'avancées décisives sur les techniques de sédation neuropathique. Cadavero tenait jusque-là sa notoriété de sa science ou de son art de la résurrection plus que des greffes d'organes, pratique certes émérite mais devenue assez commune. Ainsi était-il parvenu à sortir des sujets au diagnostic désespéré d'un coma de stade 3 au score de Glasgow. Avides de gloire, Cadavero et ses collaborateurs directs s'étaient engagés dans la plus spectaculaire des entreprises. Aimé Ritz doutait qu'ils n'eussent pas précipité le planning en fonction d'échéances variées, d'ordre publicitaire, compétitif ou de simple exclusivité. La pression hystérique du commanditaire et les frais énormes qu'entraînaient le bailliage de la clinique et la mobilisation permanente des équipes interdisciplinaires n'étaient pas pour rien dans ce branle-bas.

Avant l'aube de ce premier jour d'avril, le protocole d'intervention était réglé. Toutes les salles opératoires du bloc avaient été mises en état de service. Fort d'une préparation minutieuse, le corps médical, constitué de trois anesthésistes, de quelques infirmiers et d'un bataillon de chirurgiens distribués en commandos, déambulait comme sur des rails au gré d'aiguillages complexes. Dans le cas de Cédric, l'anesthésie générale ne devait évidemment pas nécessiter de ventilation assistée, du moins dans la première phase opératoire, mais d'une hypothermie thérapeutique calculée. Face à leurs instruments de contrôle, toute l'attention des praticiens se concentrait sur la bonne irrigation des zones cervicales du patient. Deux tables d'opération étaient disposées parallèlement sous la lumière sans faille des Scialytiques, dans la plus grande salle du bloc dont l'état d'asepsie avait nécessité de multiples contrôles. Les machineries chirurgicales, le respirateur d'anesthésie, les tables roulantes où s'alignaient des bistouris électriques d'une précision exceptionnelle et d'autres ustensiles tout spécialement conçus, furent vite aux mains d'une foule d'hommes et de femmes gantés en combinaison et masque stériles. Une onde fugace de silence passa quand les deux corps furent disposés à moins d'un mètre d'intervalle. Ce fut alors le plus impressionnant ballet de masques donné dans un bloc opératoire. Le professeur Emilia Baldini de l'hôpital universitaire de Milan, l'une des initiatrices de l'usage du polyéthylène glycol et du chitosane dans la restauration des cellules nerveuses lésées de la moelle épinière, le professeur Mirami, qui de son côté revendiquait sa place au palmarès pour l'honneur du service de neurochirurgie de l'hôpital Spalline, et même Aimé Ritz, le directeur de la clinique San Severo, avaient tenu à participer *in vivo* à l'événement, quitte à se dérober en cas de revers. Autour de Georgio Cadavero, dans le premier cercle de l'équipe de chirurgie mécanique qui devait précipitamment laisser la place aux équipes de neurochirurgiens, la tension était montée d'un cran lorsque les deux corps, l'un en situation de mort cérébrale, l'autre en état de coma artificiel, furent mis à nu pour éviter les embarras de transfert. S'ils étaient à peu près de même corpulence, celui de Cédric Allyn-Weberson, dégradé par des mois d'immobilité, paraissait débile à côté du donneur plus sombre de peau et à la musculature harmonieuse. Sous le crâne bandé de ce dernier, l'alèze qui masquait en partie le visage laissait voir une mâchoire inférieure bien dessinée piquée des poils noirs d'une barbe naissante. L'homme portait au cou un marquage en pointillé à l'encre rouge. On incisa les chairs jusqu'à l'os. La première équipe prépara diligemment l'ensemble des tissus musculaires, vaisseaux sanguins, trachée ou œsophage tandis que deux autres s'apprêtaient à trancher au même instant les deux rachis avant la substitution des corps. Tandis qu'on détronquait le donneur de ses ultimes attaches au moyen d'un bistouri électrique, le professeur Cadavero et son équipe opéraient à l'identique le corps de Cédric Allyn-Weberson. Parfaitement synchronisée, l'étape de la double décollation était minutée à la seconde. Une infirmière évacua la tête du donneur anonyme à peine celle-ci détachée. On épongea le sang et les humeurs de son corps décapité aussitôt pris en charge par l'équipe de conservation vitale qui le brancha aux machineries de contrôle. Quand la tête tranchée du receveur fut déplacée avec une promptitude comique vers la table de l'inconnu affublé d'un attirail de capteurs, de pinces et d'électrodes, une nouvelle onde d'effroi parcourut l'assistance. Sans doute à cause d'un embarras logique soudain criant : cette tête seule qu'on transférait sous une bulle de plastique semblait davantage l'objet ou l'organe à transplanter face à ce corps immense demeuré sur sa table dans une triste majesté de supplicié. C'était elle, le greffon ! Mais chaque seconde comptait pour une vie – celle du receveur, pariait-on, en jetant sur le corps inerte des coups d'œil dubitatifs. Après avoir rapproché la gorge du donneur tranchée au-dessus de la sixième vertèbre cervicale et le cou du receveur découpé au-dessous de la thyroïde et du larynx, il s'agissait maintenant de reconnecter les moelles épinières de la tête sauve et de l'organisme sain selon le plus audacieux procédé jamais mis au point, tandis que dans un va-et-vient acrobatique d'autres chirurgiens s'appliquaient à la conservation des circuits sanguins, des nerfs et des ligaments avant le travail somme toute banal de réparation.

Le professeur Cadavero l'avait répété un nombre considérable de fois aux journalistes : le plus délicat était de rétablir la continuité de la moelle épinière. Au grand dam des ligues américaines de défense des droits des animaux, le neurochirurgien Robert J. White avait greffé des têtes de primates sur d'autres corps de même espèce voilà un bon demi-siècle, mais sans pouvoir rallumer les circuits nerveux. On détenait désormais les matériaux chimiques pour rétablir ces liens infiniment complexes. D'un geste, Cadavero signifia aux infirmières d'éponger les fronts couverts de sueur de ses collaborateurs. Il pesta contre un poseur de canules chargé de l'oxygénation. Un instant, l'esprit troublé, il s'imagina en chef d'orchestre cerné par la cacophonie ou en commandant de bord par temps de naufrage. Des heures passèrent autour du billard. Plusieurs minutes avaient été perdues à des moments cruciaux de transfert de postes ; des mains hésitaient, certaines équipes semblaient à bout de force. Cette intervention si patiemment préparée avait tout néanmoins d'un quitte ou double. La mise était telle qu'un échec eût pour lui été pire qu'une exécution par les mafieux de Palerme. Une eau de panique piquait sa nuque et ses paupières. Trop d'investissements de tous ordres mettaient en jeu sa carrière et sa réputation, son avenir !

Ces quelques secondes de vacillement provoquèrent en lui une sécrétion massive d'adrénaline. D'une injonction querelleuse lancée avec un humour glacial, il reprit en main la situation. Les dizaines de praticiens à l'œuvre se ressaisirent comme autant de boîtes à oiseau chanteur remontées d'une même main. Les tissus nerveux de la tête et du corps calés en position physiologique étaient maintenant connectés dans leur moindre fibrille et la circulation sanguine avait pu être rétablie après la jonction des artères et de l'ensemble des veines jugulaires. On réparait l'assise osseuse après la suture des myocytes. L'hypothermie qui avait maintenu la partie supérieure en état quasi létal s'inversait peu à peu par l'effet conjugué des intraveineuses et d'une inhalation d'oxygène. Mais tout cela concernait les mécaniciens de la réanimation ! Après combien d'épreuves avec des animaux et des humains décérébrés, la greffe d'un corps vivant sur une tête consentante venait d'être accomplie en première mondiale dans cette clinique privée de Turin. Georgio Cadavero eut une bouffée d'exaltation, presque de délire, vite assombrie en songeant que sa gloire était en balance avec la défaveur. Il admit en quittant le bloc que les risques immédiats et à moyen terme de rejet, quels que fussent les traitements novateurs, étaient sans commune mesure avec toute l'histoire de la transplantation. Non seulement le corps pouvait refuser cette tête chimiquement inconnue de lui malgré les immunosuppresseurs, mais le système nerveux et lymphatique situé dans la boîte crânienne pouvait très bien rejeter toutes les informations remontées d'un réseau de connexions non répertorié. Sans même prendre en considération les autres paramètres homéostatiques. Mais basta ! Le jour se levait, on venait de conduire le patient dans une salle de surveillance postopératoire hautement équipée.

Les neurochirurgiens, leurs collègues de la partie vasculaire et plastique ainsi que les personnels annexes s'étaient rassemblés sans grande hâte en salle de conférences pour un débriefing. Épuisés par ce marathon clinique, les plus concernés se complimentèrent avec une certaine retenue : rien n'était gagné encore même si le protocole avait été accompli sans la moindre défaillance, mis à part la nervosité compréhensible du maître d'œuvre. Georgio Cadavero justement montait sur l'estrade, en complet veston et rasé de près. Son front dégarni luisait sous les lampes, il souriait avec ostentation, le dos un peu voûté.

— Je vous remercie tous, vous avez été formidables, vraiment !

Des applaudissements fusèrent qu'il modéra d'un geste large de pontife.

— Ce n'est pas encore l'heure des congratulations ! Le patient est vivant, on le sortira du coma artificiel dans quelques jours si tout va bien. Mais nous marchons sur une planète inconnue, chaque instant est un nouveau péril. On peut craindre dans l'immédiat un rejet aigu de greffe. Rien n'est à exclure, l'effondrement des défenses immunitaires, l'absence de réflexes du tronc cérébral, des dommages encéphaliques irréparables liés à la faible irrigation pendant la phase opératoire, toutes sortes d'infections virales...

Le professeur Mirami émit l'hypothèse d'une

dysfonction des systèmes nerveux moteurs et réflexes qui risquerait de compromettre toute rééducation.

— Le cerveau humain est une pâte à modeler ! Vous avez entendu parler des neuroprothèses, elles permettront le cas échéant de remédier à ces problèmes d'influx et de facultés discordantes...

Aimé Ritz, plutôt optimiste, se demanda de quelle manière allait réagir le deuxième cerveau, comme on avait coutume d'appeler les deux plexus ganglionnaires du système nerveux entérique.

— Attendons que notre patient retrouve ses esprits pour s'inquiéter de ce que pensent ses intestins ! coupa le professeur Cadavero au milieu des rires.

Agacé par la pirouette, un jeune praticien napolitain connu pour ses recherches sur les systèmes d'implants neuronaux rompit avec sa réserve :

— Un éminent spécialiste français de la greffe du visage affirme que nous remettons en question le pacte déontologique en l'absence de tout préalable expérimental, car ce ne sont pas des singes ou des cadavres qui...

— Qui rendront jamais possible l'avancée de la science chirurgicale ! trancha de nouveau Cadavero. Greffer un visage, à côté de notre entreprise, c'est presque du travail cosmétique ! Et puis laissons aux penseurs et aux poètes les questions éthiques, ils nous éclaireront peut-être.

Notre rôle consiste à sauver des vies à partir du vivant de toutes les manières imaginables. Nous sommes des Prométhée modernes !

— Justement, parlons d'éthique, reprit avec moins d'assurance encore le Napolitain. Écoutez donc, j'ai lu ça quelque part : « Un être humain qui veut se perfectionner doit toujours rester lucide et serein, sans donner l'occasion à une passion ou à un désir momentané de troubler sa quiétude et je ne pense pas que la poursuite du savoir constitue une exception à cette règle. »

— Où voulez-vous en venir avec vos extraits choisis ? demanda calmement son interlocuteur en se versant à boire.

— Nous ignorons tous ici l'identité du donneur et les motifs de sa mort encéphalique. A-t-il une famille, des enfants, une épouse ? Est-ce que le receveur en sera lui-même avisé ? D'un point de vue génétique, s'il survit, M. Allyn-Weberson aura changé assez radicalement d'identité, il portera désormais les gamètes d'un inconnu...

Le professeur Cadavero soupira de lassitude, une main sur l'oreille.

— Je peux comprendre vos appréhensions, jeune homme. Mais, je le répète, toutes les précautions et garanties ont été prises, nous n'avons pas engagé un tel processus sans un check-up scrupuleux, tant du point de vue de la légalité que de la simple déontologie. Maître Puith, notre juriste patenté, pourrait vous fournir des tonnes d'attestations. Maintenant, allons tous nous reposer...

Avant de regagner les vestiaires, désireux de montrer qu'aucune allusion ne lui échappait et qu'il gardait en toute situation le sens de l'humour, il ajouta d'un ton paterne :

— Rassurez-vous, personne n'oserait nous apparenter au docteur Frankenstein ! La science, les droits de l'homme et la jurisprudence ont sacrément évolué depuis cette bonne Mary Shelley...

XIII

Plaquées contre les abrupts, les premières neiges d'automne éclairaient de lactescences un fleuve de brumes sous les linceuls éternels des cimes. C'était presque l'été encore dans les vallées intérieures où un soleil d'aube ouvrait des perspectives éblouies vers l'horizon, tandis qu'à trois mille mètres d'altitude, entre deux saisons, l'haleine glaçante des sommets tombait sur les alpages et les forêts penchées. Entre le mont Dou enneigé et le col d'Isangrin ouvrant sur les lointains contreforts du Jura, dans un vallon praticable par une route en lacets, le château de Rult-Milleur dressait sa tour octogonale et ses pignons au-dessus d'une échappée de tertres à vaches et de collines que les cumulonimbus illuminés ou l'avancée d'une chaîne alpine circonscrivaient au plus trouble regard. Le front contre une fenêtre, Lorna considérait tour à tour ces espaces sans vraies limites et les cèdres noirs du parc autour d'un bassin en forme de croissant de lune. Un soudain vacarme fit trembler les vitres. Derrière les hautes branches, un hélicoptère s'éleva dans une lente spirale avant de prendre son envol.

Débusquée de sa rêverie, la jeune femme se souvint qu'un taxi devait la conduire à la gare ferroviaire la plus proche. On l'attendait à Genève dans l'après-midi. Sa vie depuis quelques mois avait pris un caractère d'invraisemblance qu'aucun romancier n'eût osé exploiter. Les derniers jours passés dans l'annexe hôtelière de cette luxueuse clinique devenue haut lieu de divagation médiatique auront marqué pour elle un point d'orgue, après tous les désordres mentaux et les extravagances dont elle subissait l'agression soutenue depuis l'accident à bord de *L'Évasion*. Combien de fois Aimé Ritz, le directeur de la clinique San Severo en conflit avec le staff du professeur Cadavero, l'avait-il avertie de complications alarmantes, voire du décès imminent de Cédric, pendant les semaines et les mois de soins intensifs postopératoires ! Trois jours seulement après l'intervention, estimant sans doute qu'il disposait déjà d'un exploit mémorable, le promoteur de la greffe totale avait tenu une conférence de presse dans les locaux d'une célèbre télévision nationale où il venait d'enregistrer un discours digne d'un prix Nobel de médecine. Il fallut dès lors faire appel aux carabiniers pour protéger les accès de la clinique turinoise d'un assaut massif de journalistes italiens et de correspondants du monde entier accourus pour arracher interviews, clichés ou témoignages. Du jour au lendemain,

Cédric Allyn-Weberson était devenu un phénomène public ; des photographies prises à la dérobée par un garçon de chambre indélicat révélèrent sans tarder la double identité du transplanté. Le magazine où travaillait Cédric Erg fit sa une du chroniqueur : les portraits du fils prodigue du magnat de l'industrie pharmaceutique dès lors affluèrent. Faute de pouvoir atteindre le milliardaire sans autres repères familiaux, la presse et la télévision traquèrent Lorna Leer, reconnue comme sa maîtresse grâce au recoupement de documents mis en ligne par quelque hacker monomane.

Des semaines durant, pour échapper à l'espèce d'inquisition envahissante qui la menaçait, elle s'était réfugiée à Rome où, contre toute attente, elle renoua une relation avec Emilio Panzi. Celui-ci, évidemment au fait de la prouesse des chirurgiens turinois, l'avait repérée malgré son châle et ses lunettes noires à une terrasse de café de la place Campo dei Fiori, au crépuscule, un lundi brûlant de septembre. Lugubre, la statue de Giordano Bruno en pénitent des cendres projetait son ombre jusqu'aux pieds de la jeune femme. Lorna s'était laissé galantiser, au fond heureuse de la diversion. Avec la spontanéité d'un amant de la veille, le chirurgien lui manifestait une bonne humeur qui la changeait du climat d'agression et d'angoisse vécu tout ce temps au quotidien. Il l'entraîna chez lui, via dei Coronari, d'où elle ne sortirait quasiment plus le reste de la semaine. Étrangement, l'amour physique repoussa quelque temps ses cauchemars dans les zones écartées du subconscient. Comme si, d'affronter jusqu'à l'égarement l'assommoir du sexe, dans ses dimensions les plus organiques, éloignait les images de décapitation et d'arrachement vital qui la hantaient jour et nuit.

Qu'était devenu le corps si tendrement affectionné de son amant? L'avait-on réduit en poussière, pauvre chose disloquée, avec les débris humains des services de chirurgie? Avec la tête de l'autre? Et son nouveau corps qu'elle ne connaissait pas, qu'elle n'avait pu voir encore, comment parviendrait-elle à accepter sa monstrueuse nudité contre sa peau, qu'il la prenne et la pénètre? Cette seule pensée l'emplissait de frissons et la poussait tout contre Emilio dans une hâte de rescapée. Elle s'était saisie de lui, de ses bras, de ses seins plats, de l'ampleur de son sexe, avec le sentiment inédit d'une intégrité, d'une plénitude ardente sans solution de continuité. Qu'il était absurde le mythe platonicien de l'androgyne coupé en deux comme un œuf cuit ou une alize! Emilio n'était pas la moitié d'un homme intégral, ni elle la moitié d'une femme entière. Et s'ils s'embrassaient et se joignaient avec une telle ardeur, ce n'était pas dans le désir de recouvrer l'unité perdue, mais pour exacerber leur disparité au contraire. Le sexe d'Emilio la rejetait à de telles distances d'elle-même.

Lorna se souvint de leurs adieux, à l'aéroport de Rome. Le reverrait-elle jamais? La première nuit des retrouvailles, juste après s'être emparé d'elle et l'avoir prise tout habillée, il lui avait tenu un discours peu compréhensible, d'une morbide ambiguïté dont elle s'était mal remise : outre l'absence de conscience dûment constatée, le défaut de ventilation spontanée et de réflexes du tronc cérébral, la mort ne pouvait être déclarée qu'après une artériographie et deux encéphalogrammes confirmant la destruction irrévocable du cerveau. Lorna s'était souvent étonnée de l'irrépressible perversité des gens les mieux intentionnés lorsqu'il s'agit d'enjeux vitaux, de rupture affective ou de mort violente. Ce qu'Emilio avait voulu insinuer l'effarait alors par ce qu'il y mit d'obscure jalousie. Davantage aujourd'hui pour ce que signifiait cette histoire de mort encéphalique après deux visites chronométrées à ce qu'il restait de Cédric, dans un département protégé du château de Rult-Milleur.

L'établissement, converti en maison de santé de prestige par la filiale d'un groupe d'assurances gérant une chaîne de cliniques en Suisse et en Europe, dépendait en sous-main du trust M.A.W. L'industrie pharmaceutique avait les moyens de s'offrir l'hôpital et la charité. Interpellée par une employée de l'aile hôtelière du château tandis qu'elle contemplait l'abandon hivernal du parc, Lorna tressaillit, l'esprit ailleurs, et s'excusa presque de ses larmes confondues avec la buée des vitres. L'affabilité du personnel à son égard, curieusement surjouée, n'avait cessé d'accroître son malaise. Mais elle devait se rendre à Genève pour un rendez-vous qui l'inquiétait plus encore. Durant ces journées et ces nuits de veille à proximité de la pauvre tête endormie du seul homme qu'elle eût vraiment aimé jusque-là, toute sa culpabilité avait fondu pour laisser place à une glaçante terreur. Rien n'était de sa faute vraiment, sauf à tomber dans l'esprit magique. L'amour ne saurait être un pacte démoniaque ni un contrat de possession sur les personnes. Par ailleurs l'équipe pluridisciplinaire de rééducation fonctionnelle en charge du transplanté l'avait rassurée sur l'efficacité du traitement antirejet : les chances de survie de Cédric semblaient prendre consistance. On évoquait maintenant, comme une promesse, la longue convalescence, les thérapies d'adaptation au « greffon » une fois les blocages immunologiques neutralisés, les divers traitements relatifs à la reconstruction structurelle, les séances de massage et de mouvements imposés...

Cependant elle sentait monter en elle, incoercible, une oppression démesurée. Depuis la découverte effarante du double jeu de Cédric, un océan d'incompréhension la cernait de toute part, mouvant désert sans point d'ancrage. Et tout ce qui avait pu suivre, ouragans et vagues scélérates, semblait un caprice de Neptune.

XIV

Lorna avait approché le lit de Cédric une dernière fois avant de quitter Rult-Milleur. Recouvert d'un drap, la gorge bandée, seule la partie connue d'elle était visible. Pourtant ce visage l'observait drôlement, comme avec d'autres yeux.

— Je reviendrai dans une semaine ou deux, dit-elle sans pouvoir détacher son regard des ridules apparues sur son front.

Les lèvres du transplanté remuèrent sur un mot imprononçable avant de laisser échapper un son guttural qui peu à peu s'affina. Lorna s'assit de surprise en entendant sa voix.

— Je reviendrai dans une semaine ou deux...
— Que dis-tu, Cédric ?
— Je reviendrai...

Il articulait les mots avec une lenteur étudiée, comme s'il les inventait. Sa voix avait une tonalité métallique, presque artificielle. Lorna posa sa main sur le drap, songeant tout à coup qu'elle touchait l'autre corps.

— Tu parles donc, Cédric ! Les médecins m'ont expliqué que tes facultés se reconstituent l'une après l'autre. Quand je reviendrai, je te trouverai debout, peut-être. Nous pourrons aller marcher tous les deux dans le parc. Le paysage est sublime sur ces montagnes...

Pressée par un appel du taxi, la jeune femme quitta précipitamment la chambre. Cédric considéra longtemps la porte comme s'il voyait au travers. Une forte migraine battait ses tempes. Mais il n'en souffrait pas vraiment. C'était une pression aiguë, d'un bleu chauffé de lame, à quoi le mot douleur ne convenait pas. Le surgissement et la disparition de cette femme qu'il reconnaissait pour avoir occupé charnellement sa mémoire le laissaient dans une perplexité songeuse. Autour de lui et en lui, en ce qui semblait être lui, tant de mystères se succédaient pour se fondre brusquement en totale stupeur. Dans le losange de la fenêtre, un pic enneigé changeait d'éclat avec le mouvement des nuages. Le ciel s'éclaircit bientôt jusqu'au profond azur et la montagne en fut tout illuminée. Cédric ressentit une espèce d'empathie pour cette figure du dehors. Les paupières closes, il chercha un lieu précis de compréhension, mais le sens des choses se dérobait, pellicule brumeuse sur des présences obstinées comme cette porte ou cette fenêtre en perspective inclinée. Laquelle des deux choisir pour s'échapper ? Le bruit d'un chariot roula dans son oreille gauche. Vêtues de blouses, les cheveux serrés sous une charlotte, deux femmes aux hanches larges entrèrent. Il les reconnaissait, celle qui poussait le chariot arborait un sourire de masque de carnaval. L'autre ne le quittait pas des yeux, une moue inquiète aux lèvres. Elles ôtèrent le drap, défirent des linges et palpèrent longuement les membres, la poitrine de ce corps, jusqu'au ventre, à l'entrecuisse, au périnée.

— Que ressentez-vous aujourd'hui ? demanda la plus experte.

— Vos mains, dit-il.

— C'est déjà ça ! Maintenant bougez le pied droit, allez. Non pas le gauche, le droit. Votre pied droit correspond à ma main gauche, vous voyez ? Soulevez votre main gauche justement, non, pas la droite. Mais c'est bien, vous y parvenez. L'autre maintenant, peu importe que ce soit la gauche ou la droite...

L'infirmière accompagnatrice considérait tour à tour la face inexpressive et le sexe flasque, les cuisses musclées, la vigueur de ce torse sous la blafarde extrémité antérieure. Elle ne pouvait se défendre d'une espèce d'effroi religieux mêlé de dégoût à son égard.

— Mademoiselle ! souffla la kinésithérapeute agacée par la distraction de son assistante.

Celle-ci rabattit le drap sur le corps nu. Songeuse, elle observa les doigts de sa collègue pianotant les mâchoires du transplanté pour travailler la mobilité faciale. Comme tous les soignants assignés à cette unité de soins exclusive, on l'avait assermentée et le secret était de mise. Jusque-là, personne n'avait vendu la mèche. La tour octogonale du château de Rult-Milleur, outre l'ordinaire clientèle, n'attirait que les nuées d'étourneaux remontés des alpages. Convalescents et villégiateurs incurables n'avaient d'ailleurs pas accès à ce service sous haute protection réservé à des célébrités ou à des cas d'espèce.

— Vous gagnez chaque jour en réactivité, dit la kiné. Bientôt vous pourrez vous déplacer en déambulateur...

Cédric échangea un long regard avec chacune des deux femmes en passe de quitter les lieux. Il les trouvait cocasses, presque drôles, surtout l'infirmière aux yeux ronds d'oiseau de nuit. De leur côté comme du sien, l'incertitude sur les conséquences et l'issue de cette rude aventure rendait caduque toute communication. Mais on allait le transporter en fauteuil roulant jusqu'au cabinet du psychiatre, un certain Hans Morcelet qui avait charge de lui rendre l'esprit et la parole. Il se laisserait charroyer comme un sac, la tête flottante au-dessus d'une sensation gourde, imprécise, faite d'élancements et de crispations.

De nouveau seul, Cédric eut un gémissement d'enfant. Les images sous son crâne avaient perdu tout relief, elles s'effaçaient à demi parfois, transparentes, presque abstraites à force de décrocher d'une signification stable. Quand trouverait-il la force de s'extraire de cette gangue sans limites définies ? Par moments, quand il s'y attendait le moins, un vertige épouvantable le saisissait : il n'y avait plus rien, en dessous et au bout de lui, qu'une douleur immense pareille à la mémoire perdue des gestes et des étreintes. Il tombait en tournoyant dans l'abîme d'une anatomie inconnue, il allait s'écraser contre un dallage d'oubli, au plus profond, dans quel tombeau ! C'était une déchirure de tout l'être, ce grand vide lacéré de l'intérieur, une coulée de plomb fondu s'insinuant jusqu'à la pointe du cœur. Cédric ressentit comme une sourde intention au niveau de l'épigastre. Puisque l'âme et le corps sont une même substance, que demeurait-il de lui ?

XV

L'adversité manque rarement de contrarier la fortune. Devenu la coqueluche des revues savantes et des plateaux télévisés, le professeur Georgio Cadavero recueillit quantité de louanges, presque autant de critiques acerbes, et parfois des menaces de mort. Les appels au secours de familles en détresse, les réserves d'éminents théologiens, les débats sur le siège de l'âme, sur la paternité génétique ou les questions de bioéthique, les protestations des ligues contre l'euthanasie participaient de ce tohu-bohu médiatique dans un climat de fascination délétère où l'aspiration à la survivance se confondait aux vieux fantasmes de castration. D'anciens patients se considérant mal servis dès lors qu'on eût pu les glorifier et des collatéraux de cas désespérés s'en prirent aux compétences ou à l'intégrité du chirurgien. Ainsi fut-il mis en cause pour une opération de trop sur un octogénaire dans le coma à la suite d'une hémorragie cérébrale. Son assureur parvint à régler le litige par des voies extrajudiciaires, mais d'autres affaires plus ou moins diffamatoires et déjà anciennes engagèrent peu ou prou sa responsabilité et son honneur. On évoqua largement dans les médias la question d'un tourisme de la transplantation, voire d'une «traite du greffon» comparable à celle du *slave trade*, de la traite négrière. Grâce à la maîtrise des réactions immunitaires de l'organisme induites par les fameuses recherches sur les compatibilités tissulaires du professeur Jean Dausset, la mondialisation dans ce domaine s'était peu à peu imposée, sans frontières de cultures ou d'ethnies et avec la complicité plus ou moins attestée des États. Honni ou vénéré, Cadavero devint vite une sorte de messie du vieux désir d'éternité. Les moins valeureux de ses contemporains, fantômes d'eux-mêmes à demi robotisés et surmédicalisés, ne voulaient plus croire à leur disparition. La mort pour eux n'était qu'un virus à neutraliser, une erreur de programmation. Ces précaires passagers de la vie ne pouvaient concevoir la fragilité quasi évanescente des champs synaptiques en regard de leur incommensurable richesse. Même l'idée d'immortalité est soumise à la corrosion cellulaire! C'est en perdant une part de ses défenses qu'on devient un homme, en luttant à ses dépens contre l'ange de la mort, l'expérience le lui avait appris et il en avait abondamment débattu dans ses ouvrages. Un monde sans humanité n'existe pas: ou alors du fond d'un songe cadavéreux.

Néanmoins un vieil autocrate sénile des Balkans, un oligarque russe carcinomateux en phase terminale, des tétraplégiques s'offrant comme cobaye, quantité de richissimes impotents s'étaient enquis des services du neurochirurgien, avec l'ambition de changer de corps au plus vite et par tous les moyens. Les rêves et les supputations avaient envahi la chronique. Des individus mâles mécontents de leur sexe imaginèrent enfin possible l'adoption la plus intime d'un corps féminin, et les femmes ne furent pas en reste pour envisager d'endosser quelque définitive virilité. L'une d'elles convoita précisément le corps d'un frère aimé en état de mort cérébrale. Un vieil industriel texan ambitionnant de hautes fonctions politiques suggéra d'accorder des mandats à vie aux futurs Lincoln ou Kennedy, qu'ils fussent ou non assassinés, et de les renouveler pour l'éternité et la gloire de l'Union. Ne pourrait-on pas en effet projeter dans un avenir proche un monde partagé entre simples mortels et surdoués impérissables ? Les têtes d'Einstein ou de Nelson Mandela eussent pu ainsi enrichir et guider *ad libitum* les générations successives. L'Histoire conserverait ainsi des témoins irréprochables. Chaque pays aurait son élite d'immortels, manière de minotaures idéalisés auxquels on transplanterait de jeunes corps sains et vigoureux amovibles par tranches de dix ou vingt années. Contaminés par l'esprit d'esbroufe, les détracteurs de ces fables de colloques s'alarmaient avec autant d'aplomb d'une nouvelle génération de führers capables de sévir un millénaire ou d'une société anémique stockant d'un côté les têtes réfrigérées des prétendants à la survie et de l'autre les corps en coma assisté de donneurs aux pedigrees informatisés.

On ne fut pas long à mettre en doute l'exploit de Georgio Cadavero : cinquante-trois jours après l'intervention, seuls des portraits et quelques vidéos avaient été diffusés en contrepoint des flux ininterrompus de commentaires. Le monde voulait voir le miraculé de pied en cap, de préférence à moitié nu et bondissant. Qui prouvait que ce derviche du bistouri, mi-fanfaron mi-thaumaturge, n'avait pas monté de toutes pièces quelque affabulation de grand chemin ? On prétendrait un jour ou l'autre que le transplanté avait rendu l'âme avec le cœur d'un autre au bout de cinq ou six semaines et qu'il s'agissait tout de même là d'une avancée considérable de la science. Il arriva que Georgio Cadavero, conscient du tort que lui procuraient ces débordements, dût répondre aux impératifs de son calendrier et prendre l'avion pour Genève. Son commanditaire, président-directeur général de la M.A.W., le réclamait pour des questions d'assurances et de transferts de fonds. Il programma en conséquence une visite à la clinique du château de Rult-Milleur. La troisième, depuis que son patient avait été pris en charge par ses collègues suisses. Dès lors que ce dernier, pour l'heure à l'abri du tir de barrage immunitaire et sorti d'une inquiétante asthénie, avait assurait-on quelque peu gagné en mobilité,

Cadavero allait enfin pouvoir exposer *de visu* les relations de sa performance aux meutes médiatiques. Ce serait les vrais débuts du jeune premier Cédric Allyn-Weberson dans la carrière de miraculé de la médecine.

XVI

D'abondantes chutes de neige avaient gommé le paysage entre le mont Dou à peine distinct d'un ciel de plomb et le col d'Isangrin désormais inaccessible. La route en lacets menant au domaine de Rult-Milleur ne cessait d'être recouverte par de nouvelles chutes que deux chasse-neige s'employaient à désencombrer. Cependant l'hélistation à proximité de la tour palliait le blocage intermittent du trafic routier et le vrombissement des rotors s'ajoutait une partie du jour au vacarme inaccoutumé des pelleteuses.

Face au morne spectacle des baies vitrées, Cédric écoutait la voix monocorde du docteur Morcelet qui lui énumérait une fois de plus les écueils à une saine rééducation.

— Le secrétariat de votre père a donné des ordres, poursuivit-il. Quand toutes vos fonctions exécutives seront rétablies, vous pourrez vous prêter aux desiderata du professeur Cadavero. Ce qui est arrivé hier dépasse l'imagination. Il serait dommageable de vous laisser déstabiliser par tout ce désordre...

En contre-jour, la face obscurcie du psychiatre se découpait sur fond d'abrupts enneigés. « Tout ce désordre ! » répéta-t-il. La conférence de presse organisée la veille dans la salle de spectacle du château avait en effet pris de court la direction de l'établissement. Le professeur Cadavero semblait investi de tous les pouvoirs et ce n'est que lorsqu'une navette d'hélicoptères débarqua les journalistes de la *Radiotelevisione Italiana* qu'un vent de panique s'était emparé de l'administration de la clinique. Cédric gardait de cette prise d'otage une sensation confuse, un peu comme s'il avait été le compétiteur d'un jeu télévisé converti en interrogatoire de première comparution. Puis tout ce monde avait rembarqué pour le Piémont avec l'illustre neurochirurgien. Prescrites eût-on dit par les instances genevoises, des avalanches de neige semblaient avoir chu dans la nuit pour bloquer toute récidive.

— Vous voilà devenu un personnage public, admit en soupirant le docteur Morcelet.

Cédric évita le regard du psychiatre. Il ne comprenait pas ce que signifiait pour lui un tel constat. Jamais plus il ne pourrait incarner un quelconque personnage. Quelque chose d'essentiel, il ne savait trop quoi, manquait à cette exception objective : être en vie au moyen de l'anatomie d'un autre. Il évitait aussi de regarder ces mains prétendues siennes posées à plat sur les pans de sa robe de chambre. Le seul aspect de lui qu'il osait parfois examiner, avec une appréhension cauchemardesque, c'était son visage. Il acceptait encore cette partie corporelle comme lui appartenant, quoique des mimiques suspectes la traversaient, une indéfinissable expression dans le regard et de mystérieuses colorations sur les tempes et le menton. Sa tête, car c'était bien la sienne, lui paraissait posée en équilibre instable sur l'échine de quelque pachyderme inattendu. Le psychiatre, croyant le rassurer, imputait ces vertiges au contrecoup du traumatisme considérable de la transplantation, lequel s'accompagnait d'une perturbation des messages visuels, de dysfonctionnements probables de l'oreille interne, de divers mirages d'ordre cénesthésique et, *last but not least*, de troubles de la posture.

— Les derniers examens ne montrent aucune atteinte nerveuse. Soyez rassuré, vous finirez par vous approprier le sentiment intime de votre nouveau corps, par adopter pleinement son centre de gravité…

En disant ces mots, le docteur Morcelet sentit de légères contractures dans sa gorge. Le phénomène de foire qu'il avait devant lui ne correspondait à aucun modèle conçu par les neurosciences. Les troubles dissociatifs dont ce malheureux hybride souffrait ne pouvaient qu'être la norme en pareille circonstance : dépersonnalisation, amnésie sélective et autres symptômes – à quoi s'ajoutaient d'étranges distractions. Qu'il parvînt difficilement à accepter sa nouvelle intégrité, le programme de réadaptation fonctionnelle l'avait d'ailleurs conjecturé : comment une tête humaine de quelques kilogrammes – en supposant qu'elle eût conservé toutes ses fonctions cognitives – aurait-elle pu adopter uniment l'intrusion de cet énorme greffon qu'est un étranger décapité ? Hans Morcelet pariait que le fameux syndrome des personnalités multiples cher aux Américains, certes absent du manuel statistique des troubles mentaux, s'adapterait assez à ce nouveau cas clinique. Il toussota, une main devant la bouche.

— Mais est-ce que vos souffrances corporelles s'estompent avec les séances de stimulation électrique ?

Cédric haussa les épaules sans bouger un instant celles-ci de leur axe vertébral. Le fond douloureux qui l'arrachait à toute sensation connue, en état de veille ou endormi, cela au moindre effleurement parfois, n'avait rien de commun avec de vagues manifestations « psycho-physiologiques ». Il ne s'agissait pas d'hallucinose, ou alors le « fantôme » en lui l'habitait tout entier !

— C'est comme si on me demandait des comptes...

— Que voulez-vous dire exactement ?

— Comme si j'étais un mort qui occupait la place d'un vivant.

Des fourmillements dans les jambes, le psychiatre hésita quelques secondes, en quête des mots justes. La sensation du membre ou de l'organe fantôme étendue à l'ensemble du corps ne pouvait être si pénible, puisqu'il n'y avait pas de terminaux nerveux lésés comme dans le moignon, à moins que le corps greffé eût pris le relais, que la transmission traumatique passât par la moelle épinière du donneur.

— Que ressentez-vous au niveau des cervicales ?

— Vous voulez dire de ma cicatrice ? L'impression du boa qui avale un rhinocéros, parfois.

De retour vers sa chambre, une infirmière à son coude, Cédric appuyé sur le déambulateur se répéta avec perplexité les derniers mots du thérapeute : « Si vous pouvez mettre des images sur votre douleur-mémoire, c'est signe qu'elle fait déjà moins mal ! »

XVII

Un froid polaire avait transformé la neige épaisse en glace. Partout se dressaient des statues de stalactites et des figures spectrales saisies en travers des arbres, des équipements de voirie ou de la mâture des voiliers de plaisance nombreux sur les rades entre le bourg de Coppet et celui de Versoix où vécut une grande dame des Lettres. En partie gelé aux abords des rives, le lac Léman étincelait comme une lame d'acier sous l'azur. Des fenêtres du manoir, on distinguait la partie ouest de Genève de l'autre côté du pont et les contreforts du Jura scintillant d'étoiles dans la lumière de l'aube.

Lorna considérait ces austères perspectives avec la distance songeuse que laisse l'insomnie. Cette nuit d'attente avait mûri sa décision de prendre du large, au moins pour un temps. Après ces mois de congé, son agence de presse lui offrait un beau voyage en Arabie heureuse. L'insurrection des tribus s'était étendue au pays entier, rallumant la plus confuse des guerres civiles entre les contestataires du printemps de Sanaa, les rebelles islamistes, les combattants de la minorité chiite et les troupes gouvernementales soutenues par l'Arabie saoudite. Les fameux risques du métier avaient d'étonnantes vertus curatives contre les états dépressifs. Elle se souvenait avoir rencontré Cédric cinq ans plus tôt, à peine rentrée de Bagdad, lors d'un cocktail au siège de son magazine. Mis au fait de l'attentat auquel elle venait d'échapper à proximité de la cathédrale syriaque, Cédric s'était presque excusé de son statut de chroniqueur assis. En s'attaquant aux trusts, il s'exposait au fond bien davantage. Procès, intimidations, chantages, agressions sur sa personne participaient alors de son quotidien professionnel.

La veille, en tête à tête avec le père de Cédric dans un salon vaste comme un hall de banque genevoise, Lorna n'avait pu s'empêcher d'enquêter distraitement sur la dissension irréparable entre l'industriel et son fils et les motifs sans doute point contradictoires d'un si distant et considérable secours. Vieil homme au regard gris, un sourire transparent sur sa face maigre, Morice Allyn-Weberson l'avait retenue à dîner après leur entrevue en début d'après-midi alors qu'il neigeait par grandes vagues écumeuses sur le lac Léman.

— Pourquoi Cédric a-t-il rompu avec sa famille, est-ce à cause de vos activités ?

Le patron des laboratoires M.A.W. avait hoché la tête d'un air consterné.

— Probable, vous avez lu sa prose, il nous accuse des pires maux...

— À tort ? demanda ingénument Lorna, l'œil sur un singulier maître d'hôtel qui servait et desservait avec une lenteur mécanique.

— Selon lui, l'industrie pharmaceutique dans son ensemble serait une organisation criminelle internationale responsable de l'aliénation pathologique d'à peu près toutes les populations du globe avec la complicité plus ou moins crapuleuse des États et des services de santé publique ! Ainsi, moi qui ingurgite une bonne dizaine de médecines par jour, devrais-je être logiquement une victime de mes propres laboratoires...

Lorna avait souri de cette parade un peu forcée. Cédric ne s'était pas privé pour dénoncer les fausses études favorables, la subornation de sommités scientifiques et de politiciens, les séminaires de pharmaciens aux Maldives ou aux Seychelles, la culture artificielle de symptômes morbides ou d'effets secondaires et tertiaires nécessitant de nouvelles aliénations médicamenteuses, l'épreuve de molécules non testées et souvent toxiques sur les multitudes indigentes d'Afrique ou d'Amérique latine.

— Je vous vois sourire, reprit le milliardaire. Pourtant je ne suis qu'un rouage de la machine, ma propre entreprise dépend sans position dominante d'un holding industriel et boursier qui n'a pour fin que l'extension de ses intérêts. C'est un cerveau sans âme, j'en conviens. Mais on ne peut rien contre la machine économique, vous savez. Qu'on soit économiste, agitateur ou financier. Contrairement à celle de Voltaire, cette grande horloge folle aux millions d'aiguilles n'a pas vraiment d'horloger...

Face aux baies donnant sur le lac, un peu éblouie, Lorna détailla les figures de glace sur la berge et dans les profondeurs du parc. L'une d'elles, proche d'un bassin changé en miroir, devait être une authentique statue en pied, sous les stalactites. Devant pareille mer de glace, le départ pour Rome prévu en fin de matinée lui sembla pour le moins compromis. Avait-elle un si grand désir de retrouver Emilio ? Elle changerait son billet et prendrait un avion sans escale pour le Yémen via l'aéroport de Genève, après une nuit comateuse à l'hôtel.

La veille, Morice Allyn-Weberson avait eu à cœur de lui offrir une photographie de Cédric à vingt ans. En maillot de bain sur une plage, celui-ci rayonnait de jeunesse, fragile harmonie du corps et de l'âme face aux mystères de la vie. Elle avait pressenti que ce don bizarre annonçait quelque révélation. L'industriel l'avait presque bénie de l'avoir contacté le lendemain de l'accident et d'être venue lui rendre visite à Genève, trois mois plus tard, malgré ses réticences. « Cédric est mon seul enfant, lui avait-il confié. Il me hait mais c'est mon fils. Je continue à l'aimer de loin depuis cette rupture entre nous qui a suivi la mort tragique de sa mère. Il ne vous a peut-être pas dit qu'elle s'était défenestrée en ma présence ? Cédric n'a pas cru au suicide. À douze ans, comment croire au suicide d'une mère ? Comme elle avait tenté de se pendre quelques jours plus tôt, on ne m'a pas trop inquiété. Mais Cédric s'est détourné de moi, nous n'avons bientôt plus échangé un seul mot, lui et moi ! Après ses années d'études dans un internat d'excellence, il a multiplié les fugues pour disparaître enfin complètement. J'ai mis du temps à retrouver sa trace. Croyez-vous que j'ignorais son identité d'emprunt ? D'une certaine manière, je ne l'ai plus quitté. J'ai suivi ses escapades à son insu. Tous ses déplacements m'étaient communiqués, à part le dernier, sur ce voilier de plaisance. Je vous en veux, Lorna. À cause de votre caprice, je n'ai pas pu le sauver. » Elle l'avait vivement interrompu : comment aurait-il pu empêcher la chute accidentelle d'un treuil ? Le vieil homme ne s'était pas départi d'une affabilité un peu hautaine, sinon dédaigneuse. « L'argent donne la puissance et nombre de petites facilités, sachez-le. Mais ce qui arrive est un malheur insurmontable, mon fils n'a plus son corps d'origine, il n'est plus génétiquement mon fils, comprenez-vous ? S'il a des enfants avec vous, ils porteront les gènes de l'autre homme ! » Lorna avait écarquillé les yeux, effarée devant la monstruosité d'un tel raisonnement. La bourgeoisie, décidément, plaçait l'hérédité parmi ses intérêts vitaux, à même hauteur que sa soif de contrôle. À cet instant, prise de nausée, elle s'était excusée et avait gagné sa chambre pour vomir tout son repas. À peine couchée, dans le demi-jour des glaces et de la pleine lune, elle s'était efforcée d'oublier. Mais le corps nu de Cédric se faufila dans les draps et elle crut gémir longtemps de frayeur ou de plaisir sans trahir un seul instant le silence de son rêve.

Le lendemain, le spectacle de toutes ces statues convulsives en travers du paysage évoquait les moraines déportées à l'estuaire d'un glacier. L'étrange serviteur aux gestes d'automate avait descendu le bagage de Lorna. Au moment du départ, quand une voiture aux roues crantées fut à demeure, Morice Allyn-Weberson tint à saluer sur son seuil cette bru tombée du ciel. Il savait à peu près tout d'elle, ses enquêteurs l'avaient même instruit de ses frasques amoureuses et de son goût absurde pour l'épreuve et le danger. Elle ne lui déplaisait pas, en dépit de sa réserve à son égard. Une femme qui joue ainsi sa vie ne saurait être cupide; hors de ses affaires, il n'appréciait que les gens désintéressés.

— Adieu Lorna! Revenez me voir à l'occasion. Vous m'inspirez confiance. Je sais que vous n'abandonnerez pas mon fils, aussi que vous dire? Cédric m'abomine mais peu importe. Je vais tout de même vous livrer un secret: son vrai corps, son pauvre corps brisé et amputé repose dans le caveau familial, avec sa mère…

Épouvantée par la folie du vieillard, Lorna se récria :

— Et si votre fils venait à mourir par rejet immunitaire ou autre ? Vous en feriez quoi ?

— J'y rajouterais sa tête ! répondit-il calmement. Oui, son vrai corps l'attend dans un cercueil imputrescible. Un homme comme moi obtient toutes les autorisations. J'y mettrais sa tête et ferais graver son nom à côté du mien. Imaginez-vous une seconde que je puisse lui survivre ? D'ailleurs je partirai probablement avant lui. Dans ce cas, prenez-en bien soin, vous qui assurément l'aimez. Cédric est mon unique continuateur dans ce monde, comprenez-vous ? Et je n'ai confiance en personne, surtout pas en mes associés. Je vais vous livrer un autre secret, une hypothèse en fait, un soupçon plausible, mais il faut me jurer sur la tête de mon fils de n'en rien dire, jamais...

XVIII

Située sur une éminence surplombant la mer Adriatique, au milieu des bois, dans la province de Trieste, la clinique du docteur Emil Schoeler était un recours pour les patients en quête de tranquillité. À la fois établissement d'hospitalisation et centre de convalescence, on y soignait des célébrités en mal d'anonymat ou des personnes menacées pour divers motifs dans un cadre banalisé et hautement sécurisé. À la suite de cette conférence télévisée au château de Rult-Milleur qui avait exposé le transplanté sur la place publique pour satisfaire la bonne conscience ou l'amour-propre de ses chirurgiens, la seule façon d'échapper au siège permanent des curieux et des journalistes avait été de l'éloigner au plus vite. En chargé de tutelle, le docteur Servil s'était occupé de chaque détail. La mission du médiateur genevois impliquait de ne jamais avoir de contact direct avec le patient et de contrôler la qualité des prestations à chacune de ses visites. Les facilités dont on gratifiait le rejeton d'un magnat de l'industrie pharmaceutique devaient aller de soi, sans ostentation mais avec toute l'efficacité d'une assistance de chaque instant.

Au cœur du meilleur dispositif de soins imaginable, Cédric s'accommodait fort naturellement de ce confort. Une fois perdu tout espoir de se reconnaître dans l'espace, le monde qui vous entoure ressemble au temps perdu. Face à l'Adriatique, dans sa belle solitude environnée de forêts montueuses et de sombres massifs, le parc aux grands chênes était l'endroit rêvé pour l'espèce de résurrection intermittente et parfois spasmodique qui lui apportait autant d'effroi douloureux que d'étonnement irréfléchi au milieu des chants d'oiseaux et des ramures bercées par la brise marine. Chaque matin un soleil intact succédait sans le moindre voile de brume au plus resplendissant cosmos. Suivi à distance par une infirmière attachée à ses pas, on le laissait aller à son rythme dans les allées ombragées. Cédric avait l'impression de marcher sur un tapis de cigales et d'abeilles tant ses yeux répondaient par éclairs et scintillements aux sons qui l'entouraient. Il avait du mal à délimiter la frontière des cinq sens; les couleurs de l'été avaient un goût de sève et les bruits échauffaient son épiderme, même les odeurs envahissaient son champ auditif ou visuel. Lors d'une récente consultation, le docteur Schoeler, distingué neurologue, s'était imaginé le rassurer en lui détaillant un certain désordre probable des connexions de millions de fibres médullaires, dont une partie était toujours en reconstitution, et les retards d'influx liés aux distorsions des mémoires organiques.

Lui qui n'était plus certain de ses souvenirs butait par moments contre une sourde volonté externe à sa conscience. Comment croire à son propre passé, et même à ses émotions, quand une autre histoire habite votre corps ? Depuis sa sortie du cycle des anesthésies et des faux comas, son cerveau lui semblait détaché de toute réalité, comme s'il n'éprouvait que les représentations douteuses du sommeil paradoxal : une sorte de rêve cristallin, lumineux, presque abstrait.

Cédric venait d'apercevoir son ange gardien au détour d'une allée en boucle qui sinuait entre des parterres de tulipes. Les mains dans les poches d'une blouse légère, l'infirmière se laissa rejoindre et se tourna bientôt à demi vers l'homme qu'elle suivait tout à l'heure.

— Ah, belle promenade ! dit-elle une fois à proximité. Vous vous déplacez chaque jour avec plus d'aisance...

— Vous voulez dire que je ne boite plus que d'une seule jambe !

Il la dévisagea, surpris au grand jour de sa beauté fade, émouvante, sous le bandeau blanc de sa coiffe. Trouvait-elle son origine dans l'encéphale ou plus bas, au fond d'entrailles qui ne lui appartenaient pas, cette vague émotion liée à une présence féminine ?

— Est-ce qu'un jour je pourrai rentrer chez

moi ? dit-il sans avoir nul souvenir d'un lieu habitable.

— Certainement, dit l'infirmière formée pour acquiescer expressément aux désirs de la clientèle. Dès que vous aurez acquis assez d'autonomie.

— Physique, vous voulez dire ?

— Bien sûr ! Mais aussi quand vous n'aurez plus de vertiges devant un miroir et que vous accepterez de manger au restaurant de la clinique.

— Mais j'avale tout ce qu'on me donne !

— Si on ne vous le donnait pas vous ne mangeriez rien. C'est comme si on jetait des roses dans un cerceau !

La jeune femme cheminait maintenant d'une allure ralentie à côté de son protégé. Au gré de la marche, des perspectives s'ouvraient sur la mer peuplée d'îles ou sur les montagnes illuminées.

— Je voudrais savoir…, demanda Cédric d'une voix indécise.

— Eh bien, je vous écoute ?

— À quoi je m'apparente ? À quoi mon aspect physique coïncide sur cette terre ?

— À un homme, il me semble.

— Vous ne comprenez pas ! Rentrons vite, cette lumière me transperce le crâne.

Les jours suivants, conscient d'aller mieux, Cédric demanda l'autorisation de sortir, de visiter Trieste, d'aller se baigner. D'ailleurs n'était-il pas un homme libre ? Le directeur de la clinique lui promit de satisfaire tous ses désirs, mais un peu plus tard, après une batterie d'examens approfondis. « Échographie transthoracique, réflexes archaïques, oculomotricité... rien que de très normal », lui avait-il expliqué. Aussi dut-il se contenter du parc et de ses allées toute une semaine encore, agité par une pensée résurgente, obsessionnelle. N'était-il pas libre de ses choix? Changer de corps n'impliquait nul type repérable d'aliénation dès lors que le système cérébral était intact. Son cerveau ne souffrait d'aucune lésion, il ressentait la chaleur des membres, ceux-ci bougeaient maintenant à son gré – sauf quand l'affectaient, certaines nuits, les symptômes de paralysie du sommeil associés à de courtes phases hallucinatoires. Certes, l'étrangeté demeurait pour lui entière; on ne change pas de physionomie comme de partenaire sur une piste de danse. Il n'était pas rétabli psychologiquement. Et sa santé relative avait tout d'une construction chirurgicale. Malgré une médication massive, un phénomène de rejet pouvait à tout moment le foudroyer. Son traitement immunosuppresseur, il le savait, multipliait les risques de lymphome et autres cancers. Et puis il n'avait plus de sensibilité sexuelle, plus de libido, cette part-là semblait à jamais éteinte. Surtout l'obsédait l'idée qu'il pourrait n'être plus vraiment autonome. Dans son état de dépendance, il se sentait bien incapable d'engager sa raison et ses actes par lui seul. La liberté de pensée avait besoin d'être immergée dans le sang et la chair pour n'être pas qu'un pur artifice logique. S'il avait sa zone privilégiée dans l'encéphale, le libre arbitre ne serait que l'effet d'une sécrétion hormonale, au mieux une activité localisée des synapses. Tout le corps devait s'investir dans la moindre décision. L'idée de partir, de s'évader comme autrefois avec Lorna prit en lui diverses apparences. Était-ce bien Lorna qu'elle s'appelait ? Travaillé par un égarement sans visage, il finit par admettre que cette aspiration confuse, qui seule eût pu l'assurer de n'avoir pas été amputé de son être intime, devait assurément passer par son indépendance physique et morale.

XIX

Un matin d'automne, réveillé en sursaut par un souvenir anodin, Cédric se redressa sur son séant dans la lumière filtrée des stores. Il avait dû rêver à la femme aimée, mais son nom lui échappait. Seraient-ils donc séparés ? Bien qu'il eût du mal à se représenter ses traits, une tristesse infinie l'envahit devant pareille éventualité. Et d'abord que faisait-il seul dans ce lit, travaillé de crampes et d'élancements des pieds à la tête ? Il rabattit le drap, se rappelant s'être couché nu la veille à cause d'une allergie aux coutures du pyjama de flanelle trouvé parmi divers habits neufs dans les tiroirs d'une commode. Il ne s'était jamais posé la question de leur provenance. Sa prise en charge, les soins qu'on lui prodiguait, l'accueil impeccable des établissements où il transitait, tout cela devait avoir un prix. Il observa avec un malaise accru sa vaste chambre conçue pour un confort optimum, quoique munie des sorties discrètes d'un robot médical de surveillance sans doute connecté aux terminaux d'une foule de cliniciens. Dans l'angle gauche, près d'une fenêtre et au-dessus de son lit, entre deux lampes, des caméras étudiaient de près son intimité. « Vous n'y ferez bientôt plus attention, lui avait dit le docteur Schoeler. On oublie assez vite toute intrusion extérieure indolore. »

Insoucieux des caméras, pour la première fois et sans haut-le-cœur, Cédric détailla le territoire charnel qui s'étendait sous son menton. À sa demande, il avait pu observer son visage dans un miroir. Quelque chose du regard et de l'expression avait changé, cependant il s'était reconnu, comme on se redécouvre dans une chambre d'hôtel à l'autre bout du monde après un trop long voyage. Mais ce corps, il ne le reconnaissait pas, il n'avait rien vécu avec lui, à part les fonctions passives, comme uriner et déféquer, lesquelles n'étaient plus vraiment de son fait. Comme si quelqu'un se servait de sa présence, de cette configuration sensible qu'il ne pouvait oublier. Manger aussi lui était une épreuve, mais d'une autre espèce. Il mâchait plus longtemps les aliments avant qu'ils ne disparaissent dans un gouffre. Étaient-ils deux à se partager l'assiette de purée ou la pomme ? Était-il le goûteur de ce goinfre ? Cédric se remémora un échange avec le psychiatre suisse. Il lui avait demandé par provocation pourquoi ne le considérait-on pas plutôt comme un greffon. Il ne restait de lui qu'une tête ; et le corps de l'autre qui renouait avec sa vie animale était bien plus impérieux et envahissant. « Ce que chaque être humain a d'unique tient dans un crâne, avait-il répondu. La conscience, la personnalité. » Toutefois les influx vitaux passaient par ce cœur et ces entrailles et remontaient jusqu'à la pointe de ses cheveux.

Il se toucha le bras gauche, croisa les doigts, glissa ceux-ci jusqu'au ventre, palpa la verge et le scrotum, descendit en se redressant vers les cuisses et les mollets, remonta cette fois des deux mains jusqu'aux pectoraux. Il remarqua des grains de beauté épars sur le buste, en forme de constellation, des poils bruns à des endroits pour lui inhabituels, une cicatrice à l'aine et plusieurs autres, sans doute de vaccination, sur l'avant-bras et les cuisses. La verge sous sa paume ne répondait toujours pas. L'idée qu'elle pût être sans ressort viril le concernait à peine, incapable d'imaginer aimer un jour sa femme avec l'organe d'un autre homme. Bien que de proportions semblables aux siennes, la créature sur quoi tenait sa tête avait davantage de muscles et de vigueur, une charpente plus solide. D'une plastique impeccable, elle devait être plus jeune qu'il n'était de quelques années. Et sûrement en parfaite santé avant de passer par les urgences et d'hériter d'une tête de coucou tétraplégique.

Pour la première fois depuis son accident, Cédric fut pris d'un début de fou rire, vite étranglé en sanglot devant les convulsions de cette poitrine qui ne relevait d'aucune vie connue. Faut-il avoir conscience de soi pour rire et entraîner la mécanique du corps ? C'était sa plus grande surprise que de voir les réflexes moteurs réagir aux mouvements de son esprit.

À force d'examiner chaque recoin d'épiderme, un petit tatouage bleuâtre lui apparut au revers du bras, trois spirales entrecroisées avec un semblant de visage au centre. Cette marque l'effraya un peu, comme si elle lui avait été infligée à son insu. Puis, constatant sa détresse toujours à vif au souvenir de son ancien corps délogé par cette physionomie résolument étrangère qu'il désespérait de s'approprier un jour, Cédric éprouva une sorte de mansuétude envers ce tatouage, la lubie qui l'avait fait inscrire, l'élan narcissique nécessaire au choix du motif et à la torture des aiguilles.

Après un assez maladroit usage des mains comme outils d'exploration des minuscules incidents de l'épiderme, il considéra soudain celles-ci pour elles-mêmes, paumes ouvertes, à nouveau effaré de ne plus reconnaître du fond des années leur forme ovale et plutôt osseuse. Ces poignes-là, épaisses et dures, ne lui ressemblaient guère. La ligne de vie était d'un centenaire, celle de tête, identique en travers des deux paumes, eût révélé un esprit positif s'il fallait accréditer la chiromancie. En pliant et dépliant les doigts, il remarqua une raideur dans le majeur et l'annulaire de la senestre. Au gras du pouce droit, une cicatrice témoignait d'une blessure assez profonde qui avait dû exiger plusieurs points de suture. Les ongles étaient bombés, étonnamment translucides avec des lunules rose clair. À chaque fois qu'une infirmière les lui avait coupés, il s'était souvenu que les ongles et les cheveux continuent de pousser après la mort. Existe-t-il des manucures pour défunts, des coiffeurs de cimetière ? Toute l'étrangeté de sa nouvelle nature tenait dans ce collier de peau et de chair légèrement induré à son cou. Il l'effleurait parfois du bout des doigts en songeant que seule cette large cicatrice appartenait à la tête et au corps, frontière de deux vies disloquées. Pourquoi n'aurait-on pas greffé en contrepoint le crâne décérébré de son donneur sur son corps détruit ? Un tel monstre sous transfusion eût au moins témoigné, solidaire, d'anciennes existences.

— *Signor* Cédric ! s'exclama avec enjouement l'infirmière entrée pour une médication.

— Ça vous choque qu'il soit nu ? dit-il presque spontanément.

— Tiens, vous parlez de vous à la troisième personne maintenant ?

Cédric se tut tandis que l'infirmière sanglait son bras. Il se dit que les tout jeunes enfants et les monarques parlent d'eux ainsi, comme à la place d'un autre. En italien, c'était une forme du voussoiement. Pourtant, il devait bien y avoir une tierce personne quelque part.

XX

D'un centre de traumatologie de premier niveau à une unité de soins de suite et de réadaptation, entre une nouvelle intervention chirurgicale et la menace d'un brusque accroissement du taux d'anticorps, Cédric dut subir des mois encore les aléas de sa transplantation, en miraculé problématique. Il s'étonnait de manière floue, apathique, de l'étrange délaissement moral où on le confinait. De loin en loin, au téléphone, une voix féminine égrenait des paroles d'encouragement et d'affection, mais il parvenait mal à la resituer. Était-ce sa compagne ? Il lui semblait se souvenir qu'elle l'avait quitté autrefois. L'image d'un grand voilier fendant des eaux couleur d'acier lui revenait alors cruellement à l'esprit. Toujours sous la tutelle impersonnelle du docteur Servil et l'attention maniaque des praticiens pour qui chaque heure de sa survie avait un prix d'or, il finit par s'interroger sur l'annihilation progressive de sa volonté et se jura en conséquence, puisqu'on lui laissait désormais prendre les médicaments dits de confort en toute confiance, d'écarter discrètement ceux susceptibles d'induire des phénomènes d'aliénation biochimique. Cette décision, il l'admettait, n'était devenue possible qu'à la suite d'une évolution de son métabolisme. Le sentiment de son individualité s'était peu à peu restauré avec le lent recouvrement d'une mémoire jusque-là sans objet, purement cérébrale. En reprenant quelque autorité sur ses sensations internes montées des viscères et de toutes les terminaisons nerveuses, sa conscience semblait devoir s'extraire de cette ténuité de rêve qui l'avait projeté à l'écart, dans une bulle d'inconscience, sans souci du monde alentour. Comme si, lentement délivré d'une massive inhibition d'espèce synthétique, se profilait la voie de son émancipation : le besoin de comprendre, un désir de liberté, l'intention d'échapper aux contraintes douteuses de son environnement. En retrouvant au mieux ses esprits, il ne pouvait que constater sa dépendance de cobaye, de phénomène unique séquestré par la hiérarchie médicale. Quand en finirait-il avec sa condition d'asilaire, fût-elle privilégiée ?

Avec ce retour de lucidité, il lui fut bientôt évident que sa survie avait été financée à des hauteurs considérables. On ne changeait pas de corps sans s'acquitter d'une fortune, à moins d'être un macaque de laboratoire ou quelque sujet d'expérience clandestin vite évacué en morgue. On l'avait investi pour cette grande première, avec l'élite scientifique aux loges et l'opinion publique au parterre.

Pour la première fois, un matin de janvier, il ressentit une chaleur dans le bas-ventre et comme un tressaillement. D'un doigt hésitant, avec la pénible impression de commettre un attentat à la pudeur, il constata une tumescence pénienne. L'érection fut bientôt complète. Sur un corps supplicié, pendu ou strangulé, se souvint-il, elle indiquait l'imminence du trépas. Il manipula ce pénis néanmoins, longuement, comme pour l'apprivoiser; même sans avoir subi un transplant quasi intégral, c'était la partie du corps la plus autonome, presque incontrôlable, chez un homme ordinaire. Son ampleur l'intrigua au toucher, sa forme relevée en arc, chose saugrenue en surcroît qui finit par le faire gémir de douleur. Il éprouva une espèce de dépit à la pensée de l'autre, de cet homme aux beaux muscles lissés qui, décapité et greffé à plus chanceux, gardait malgré tout pour lui seul ses attributs, pour son corps acéphale, telle l'étoile de mer ou la méduse immortelle. Rejoindrait-il sa jouissance en parasite, sorte de lamproie accrochée à cette physionomie pélagique ? Même s'il parvenait à accepter sa transplantation, la symbiose promise avec son hôte inconnu lui semblait tout à fait révulsante et contre nature. Mais qu'allait-il faire de cette réalité hybride et dédoublée maintenant, car il éprouvait de manière irrépressible une dualité charnelle et mentale, une impression de coexistence monstrueuse. Ce sexe en érection ne remplaçait aucunement son appareil génito-urinaire, il se surimposait seulement à d'anciennes fonctions en sommeil. Et ce cœur dans le milieu des côtes battait d'un autre rythme que les ailes temporales de son cerveau. Ces mains trop larges, combien oisives, s'étaient ajustées à des désirs ignorés de lui. Elles avaient vécu des étreintes, caressé, tué peut-être. Cédric fut pris d'une désespérance soudaine faite d'un sentiment aigu d'exil et de la souffrance bien réelle à l'endroit de son corps brisé, celui qu'on avait probablement incinéré avec la tête de l'autre. Faudrait-il, s'il survivait, subir sans fin les tourments du fantôme ?

La sonnerie du téléphone lui rappela qu'il devait sortir de compagnie avec son infirmière attitrée, sorte de gouvernante à malices, cependant il répondit au deuxième appel.

— Cédric, entendit-il, c'est toi Cédric ? Je suis de retour, ne me demande aucune explication. Après le Yémen, après ce que j'ai vu et subi, il a fallu que je prenne du champ. Ne me demande rien, je pense à toi, je n'ai jamais cessé de t'aimer...

XXI

Le climat de guerre civile un peu partout dans le monde, les attentats aveugles et la surveillance policière accrue n'épargnent aucune capitale européenne, mais Paris semble avoir retrouvé sa bienheureuse décontraction avec les premiers jours d'été. Les pluies du printemps, torrentielles jusqu'à la mi-juin, ont laissé place au grand soleil. Peut-on concevoir la lumière sans soleil ? Cédric Erg en s'éveillant, les yeux sur les reflets mouvants de sa fenêtre, se souvient avoir lu dans Nerval que le jour des songes est sans astre. Depuis son retour à Paris, rue du Regard, il a recouvré l'usage des rêves et ceux-ci, lumineux, l'effrayent par cette absence de corps céleste et plus encore par la conscience qu'il en a. Aussi, peut-on parler de conscience dans un rêve ?

Une horloge dans l'immeuble, sans doute à l'étage au-dessus, égrène six heures avec cette raucité des vieux ressorts. La chaleur d'une cuisse le rappelle à la mystérieuse altération des sensations périphériques. Entre ce qui n'est pas vraiment lui et cette femme sous les draps, un phénomène d'une extrême douceur se diffuse jusqu'au fond de ses orbites, derrière ses yeux, dans un point insituable du cerveau. Lorna glisse une main brûlante, palpe les pectoraux, suit du bout des doigts le dessin des muscles abdominaux et glisse la paume dans le creux velu de l'aine, saisissant un pénis déjà raidi. Tandis qu'elle s'applique à le masturber d'un mouvement de va-et-vient aveugle, des représentations inédites surgissent, des souvenirs anciens. Quand Lorna et lui se connaissaient à peine. On commence une relation le plus crûment, par instinct de chair, comme s'il fallait franchir coûte que coûte la frontière des sens. Cette façon qu'on a de se toucher et de se prendre, au début, dans un mélange d'abandon et de malaise, Cédric ne peut s'empêcher de le comparer à ce qu'il peut vivre aujourd'hui, de lui à lui, de lui à l'autre. L'accommodation à ce nouveau corps, près d'un an plus tard, ressemble à une appropriation d'ordre sexuel, une troublante usurpation, presque un viol. Et l'excitation de Lorna ajoute à son trouble. Le comble est cette pulsion de jalousie qui le prend à la voir s'activer par-dessus lui. Elle s'est enfourchée et gémit sans un instant croiser son regard, toute à ce corps d'homme, les doigts crispés aux hanches. Il lui semble être trompé et abusé à l'endroit même de sa jouissance. N'étant plus qu'une tête sur un étroit balcon d'os, comment s'identifier à l'autre, à son corps désirable ?

— J'aime que tu me laisses faire ! souffle Lorna. Ah, je sens que je vais jouir de toi...

Elle s'est affaissée maintenant, la face sur le cœur. Ses lèvres happent par jeu les poils autour du téton gauche. À aucun moment elle n'a baisé ou touché son visage, occupée seulement du corps musculeux et tressaillant. Que faire d'une tête seule ? Et sa propre sensation à l'instant de l'orgasme n'aurait été qu'idée de jouissance. La splendide chevelure roule en anneaux électriques, python de fraîcheur qui l'enveloppe. Lorna s'est un peu redressée, le visage toujours incliné.

— Je suis tellement heureuse de nos retrouvailles, dit-elle de sa voix habituelle. Même si nous allons vivre autrement. Tu es d'accord avec moi ?

— Qu'on se sépare, c'est déjà une réalité.

— Je ne tiens pas à te perdre, Cédric, on se retrouvera de temps en temps chez toi ou ailleurs, si tu veux bien.

Elle s'est tue un instant en découvrant à la lumière, fascinée, la cicatrice de son cou.

— J'ai joui, dit-elle en détournant les yeux. Et toi, as-tu aimé ?

Il réfléchit à l'incongruité de sa question.

— Oui. Faire l'amour recolle les morceaux, ça passe du sexe au cerveau, ou l'inverse. Tu m'aimais mieux et bien moins, avant...

— Mieux et moins bien ? Que veux-tu dire ?

Elle le questionne sur un ton neutre, qui

n'attend aucune réponse. Ses beaux seins denses roulent l'un sur l'autre tandis qu'elle relève la tête, le menton sur son poing. Deux bracelets d'or tintent en glissant du poignet jusqu'aux muscles noués du coude. Elle sursaute en découvrant une ombre bleuâtre sur le bras de son amant.

— Un tatouage ! s'écrie-t-elle. Un triskèle, c'est un symbole celtique. Les trois jambes représentent le mouvement du soleil. Ou les trois mondes, ceux des esprits, des vivants et des morts...

Il remarque son expression d'intense curiosité où entre de l'inclination, presque de la convoitise, en même temps qu'une sorte de répulsion tétanisée. Gênée de s'être laissé surprendre, Lorna croise malgré elle le regard de l'homme et se mord les lèvres, prise de frissons devant cette tête qu'elle ne reconnaît plus vraiment. Il n'a pas changé, du moins son visage, à part quelques cheveux blancs sur les tempes et ce fond de tristesse éperdue dans les yeux, mais ce corps qui la soulève de désir n'est plus en coïncidence, il bouge et réagit autrement, son odeur poivrée la trouble jusqu'au creux des reins. Peut-on désirer un inconnu avec sidération, dans la plus conjointe intimité ? À Kobané, réfugiée sur le toit de son hôtel avec un collègue d'un magazine allemand, elle avait assisté à la décapitation publique d'un jeune rebelle par une escouade armée de fusils-mitrailleurs et de lance-roquettes. La tête avait chu dans la poussière arrosée d'une gerbe pourpre tandis que le corps à genoux s'était quelques instants retenu de s'effondrer, comme si l'impulsion réflexe née d'un mouvement d'orgueil avait tendu ses muscles. Puis l'assistant du bourreau occupé à nettoyer sa hache avait attrapé la tête souillée de poussière et de sang par les cheveux pour l'enfourner dans un sac poubelle tandis qu'au même moment les épaules de la dépouille touchaient le sol d'un bloc, pour une prosternation macabre. Cette scène n'avait cessé de la hanter, où qu'elle aille, lui interdisant longtemps de retrouver Cédric. Dans un métier où le spectacle d'exactions devient ordinaire, certaines circonstances pourraient conduire à la folie. La tête de Cédric avait roulé nuit après nuit dans l'éblouissement et la poussière d'un rêve, tandis que le corps du supplicié, poings liés, s'affaissait avec la même abominable lenteur.

Lorna glisse distraitement l'index sur le tatouage.

À ce contact, Cédric émet un petit rire caverneux.

— Crois-tu qu'il soit Irlandais ? Le triskèle, c'est du folklore irlandais, n'est-ce pas ? Avec la harpe et la croix celtique !

Lorna ôte vivement sa main et se dresse d'un bond.

— Il est tard ! dit-elle. J'ai rendez-vous à l'agence...

En quête de ses vêtements épars, elle tourne

sur elle-même dans la clarté du petit jour. Les seins et les hanches élastiques remuent sous la pluie sombre des cheveux. Sa nudité a la splendeur d'un seul tenant des Vénus de marbre. Il ne manque rien à sa perfection, pas même les pieds et les mains de l'Aphrodite de Cnide. Cédric la voit s'éloigner vers la salle de bains, les fesses mobiles sur ses longues cuisses. Le désir d'elle l'envahit, lointain, sans attache au corps, d'un puits insondable. À nouveau, tandis qu'elle disparaît, il éprouve douloureusement, sorte d'essouchement féroce, cette sensation fantôme dans les régions perdues de lui-même. Est-ce que l'esprit subit par symétrie les contrecoups d'une chirurgie extravagante jusqu'à devenir autre à son tour?

Migraineux, avec en tête l'image de nuées s'engouffrant dans un lac de montagne, il s'endort au gué d'un songe. On l'a menacé de mort, il vient d'ouvrir quantité de lettres anonymes en forme de crânes d'oiseau vite froissées au creux du poing et jetées à la corbeille. Quittant la rédaction du magazine, des nuées d'étourneaux s'échappent des bouches d'égout, mais il n'y prend pas garde. Le crépuscule s'étend à travers ces envols. Mécontent de sa journée, il s'enfonce dans la foule agitée des veilles de fête. Sans raison, quelqu'un le bouscule violemment de l'épaule. Le souffle coupé, il encaisse le choc et poursuit son chemin. Lorna l'attend pour dîner. Sa bonne humeur se ranime à cette seule pensée. En quelques enjambées, le voilà devant son immeuble. Négligeant l'ascenseur, il grimpe l'escalier assombri. D'une singulière beauté, comme une tragédienne au tomber de rideau, Lorna l'accueille en robe du soir. Son air d'effroi l'oblige à s'expliquer. Mais elle ne veut rien entendre, elle agite les bras et va bientôt hurler. Il comprend soudain qu'elle ne le reconnaît pas. «C'est moi, voyons, c'est moi, Cédric Erg», tente-t-il de lui faire entendre. Mais en proférant ces mots, il aperçoit une face étrangère dans le grand miroir du vestibule et se souvient alors de la bousculade. Comment convaincre Lorna qu'il est bien lui-même, qu'on lui a seulement dérobé son apparence dans un mouvement de foule? Affolé par ses cris plus bruyants qu'un millier d'étourneaux, il lui promet de rattraper son voleur et s'enfuit sans espoir de retour dans la cage d'escalier ténébreuse où chaque marche a la dimension et l'aspect d'une vertèbre de cétacé.

XXII

Le jardin du Luxembourg au printemps, quand des vitraux de lumière bougent dans les arbres, laisse rêver à la plus vive mémoire. Cédric depuis quelques jours se sentait revivre à travers les tout premiers souvenirs. Les sensations brutes de la petite enfance qui ne cessaient de resurgir, intactes, entre deux molles crucifixions, ravivaient toute chose d'un air de nouveauté. Il avait passé ces dernières semaines à effectuer de multiples tests psychotechniques, bilans neuropsychologiques et autres examens biologiques au milieu d'une armée de sommités des académies de médecine de France, d'Italie et d'ailleurs. Les facteurs de risque, dans son cas, étaient innombrables. S'il avait pu s'échapper d'un cordon sanitaire imposé, après plusieurs mois de rééducation fonctionnelle et de convalescence, il le devait entièrement à Lorna qui, en bonne journaliste d'investigation, avait eu recours au Pacte international relatif aux droits civils et politiques pour contraindre ses aimables geôliers à lui rendre sa liberté. Comme il ne relevait d'aucune aliénation mentale, n'était évidemment pas toxicomane, alcoolique ou vagabond, ni susceptible de propager une maladie contagieuse, l'hospitalisation sans consentement ne se légitimait en rien et Lorna, malgré les mises en garde et autres intimidations, n'eut pas à recourir à la justice.

Cédric avait retrouvé avec un bonheur triste son appartement de la rue du Regard, sa bibliothèque, ses vieux habits comme une part précieuse de lui-même. Devant ses placards, il avait connu une vraie consternation en découvrant que ses chaussures de ville n'étaient plus à sa taille. Les habitudes de naguère peu à peu lui rendirent quelque sérénité. Le miroir de sa salle d'eau ne manquait toutefois pas de lui rappeler quel monstre clinique il était devenu. Mais il vivait, par prodige. À cette heure bénie d'une fin de matinée dans les jardins du Luxembourg, relativement autonome, il lui semblait que sa survie était comme une aube à l'embouchure d'un fleuve. Ce qui pouvait lui arriver maintenant n'excéderait jamais la tragédie vécue. Pourquoi ne renoncerait-il pas aux illusions ordinaires, à commencer par le besoin de séduire, les désirs superflus, les opinions, l'espoir ? La belle lumière de l'instant, ces jeux du soleil dans les frondaisons et sur les visages des étudiantes qui se promènent en riant, devraient largement suffire à son relatif bien-être. S'il avait tout égaré en perdant son corps, ses repères affectifs, les modes relationnels établis, il lui restait encore la faculté d'aller libre ou d'en finir. Il se souvenait avoir accepté dans une semi-conscience le principe de la transplantation en se disant que, s'il n'en mourait pas d'emblée, du moins lui offrirait-elle une mobilité suffisante pour se suicider. Mais le goût d'exister est une teigne qui s'accroche. Le succès encore imparfait de la restauration médullaire, fibre après fibre, lui avait rendu en quelques mois l'usage des espaces, jusqu'à désormais vaguer sans appareillage parmi les statues de reines et les marronniers. Certes il boitillait légèrement, des raideurs et des tics lui donnaient des allures de pantin mal articulé, les alertes létales au moindre rhume lui interdisaient de se mêler aux foules ou d'emprunter les transports en commun, mais l'expérience n'était pas sans le récréer une fois à l'air libre. Il avait besoin d'oublier son impotence intime, la cruauté d'être et de n'être pas lui-même ; et plus que tout cette inquisition sans visage qui le taraudait jour et nuit depuis son évasion assistée de la clinique du docteur Emil Schoeler. Le corps qu'il habitait avait eu une identité génétique et civile. Des voix anonymes chuchotaient parfois à travers l'abîme de sa cervelle. Elles bruissaient du fond des organes. C'était un chant de sirènes aux abords de récifs ignorés, comme s'il devait se laisser emporter par son transplant, s'abandonner avant peu à la question démesurée que lui posait ce corps impossible à soumettre, au « qui suis-je ? » battant au rythme du cœur les parois de ses viscères. Mais une fois dehors, en marche incertaine parmi les statues et les arbres, il oubliait sa prison charnelle et toutes les entraves d'un handicap invraisemblable.

Cette solitude recouvrée après les traques médiatiques et les obligations curatives lui ouvrait paradoxalement des horizons : il pouvait à nouveau rêver librement, dans le soleil de mai, sous les floraisons d'un arbre aux mouchoirs ou d'un pavier rouge, même si on le suivait partout où il mettait un pied. Rien des mouvements qui l'entouraient ne lui échappait, serait-ce le sillage d'un voilier d'enfant à travers le bassin ou la silhouette d'un garde du corps attaché à sa surveillance derrière les alignements de tilleuls. Une activité cérébrale insolite s'était développée en lui, une hypersensitivité assez proche de l'hallucination. Les neurologues l'avaient d'ailleurs averti des probables bouleversements de son psychisme : outre le traumatisme de la transplantation, son système cérébral avait été mis en connexion *de facto* avec une autre mémoire organique et réflexe, des énergies hétérogènes, un système nerveux périphérique peut-être inassimilable et ce fameux second cerveau cœliaque dont on ignore encore le spectre d'influence. Ce qui lui arrivait, c'était une prise de pouvoir du hasard, un synchronisme durable entre deux séries indépendantes, une relation d'incertitude.

À son insu, sans nul effort vertébral, Cédric

haussa les épaules fantômes de son ancien corps. Une volée de pigeons s'abattit à ses pieds dans un sifflement de sabres. Une femme encombrée d'enfants le considéra avec un intérêt soutenu. Reconnaissait-elle l'homme à la tête coupée des journaux à sensation sous son travestissement? Cédric alla clopiner autour du bassin octogonal où voguaient les petits voiliers à coque peinte. Son infirmier de coordination le suivait à bonne distance, une trousse de secours à la main. Tout ce monde à ses basques ne l'empêchait pas d'imaginer une autre vie que celle de cobaye-témoin en or massif, fût-elle sans lendemain. Il n'en pouvait plus des demandes d'interview du monde entier, des menaces plus ou moins fantasques d'enlèvement, du harcèlement de maniaques en tout genre, des avances de cabaretiers ou d'éditeurs et, conséquemment, de la surveillance de la division des missions temporaires du Service de la protection. Pour l'heure incognito dans son appartement parisien, on l'informait de cette agitation depuis Turin, Genève où le centre de réadaptation fonctionnelle du château de Rult-Milleur où il était toujours censé résider. Il avait repris son identité d'emprunt sans éveiller la curiosité du voisinage. Si Cédric Allyn-Weberson était presque aussi célèbre que Neil Armstrong ou Iouri Gagarine, on avait depuis belle lurette oublié le chroniqueur Cédric Erg. Derrière ce masque avec lequel il avait cru se soustraire à la vigilance paternelle, au moins se dérobait-il au monde. Il savait bien qu'en cas de fugue, on le pourchasserait où qu'il aille comme le voleur du diamant bleu de la Couronne, mais son objectif n'était pas de changer de vie. Il n'envisageait guère de durer une année de plus. Cédric aurait pourtant aimé comprendre d'où provenaient les humeurs qui travaillaient en lui, toutes ces impressions dont il était désormais tributaire. Une sorte de promiscuité outrée l'emplissait d'un malaise intolérable que certains psychiatres voulaient expliquer par un passage délicat d'appropriation narcissique à composante homosexuelle. Foutaise ! Il avait simplement mal à son vide et terriblement honte. « Qui t'a appris que tu es nu ? » demande à Adam son créateur. Avant l'accident, quand la question de son intégrité physique n'avait pas lieu d'être, sa nudité lui appartenait en propre, sans y penser, comme le sentiment de soi. « L'obscénité n'apparaît que si l'esprit méprise et craint le corps, si le corps hait l'esprit et lui résiste », ces mots d'un roman anglais lui revenaient en mémoire. Tout lui rappelait aujourd'hui cette obscénité corrosive. Pour ce motif entre maint autre, il voulait tout savoir de son partage, déchiffrer la vraie nature de cette promiscuité. Lorna prenait des libertés qu'il ne lui connaissait pas, une manière de jouissance animale, exclusive. Transportée dans son inconstance, elle ne lui accordait qu'un rôle de voyeur. Pourquoi songea-t-il incidemment à ces femmes du monde courant tremper leur mouchoir dans le sang d'Eugène Weidmann, au pied de la guillotine ? Quelque chose de profondément incoercible occultait en lui toute raison. Jamais il n'avait ressenti ces pulsions tétaniques qui eussent pu le pousser au suicide ou au meurtre si elles s'étaient durablement implantées. Mais les bouffées de jalousie, de folie autodestructrice ou de fureur parricide avaient à peine submergé la ligne d'interdit commune à tout être humain normalement constitué, qu'il s'en défendait de toutes les forces de son esprit, néanmoins décidé coûte que coûte à comprendre ce que signifiait l'espèce de lente et incontrôlable anamorphose, presque de mutation, de ses moindres perceptions et de ses désirs, de sa mémoire aussi, laquelle prenait à certaines heures de mystérieuses colorations de fond marin ou d'aquarium.

L'horloge du palais du Sénat sonna dix-huit heures. Cédric s'était dirigé vers la sortie, du côté de l'orangerie. L'infirmier et l'agent en civil des services spéciaux, ses gardes d'il ne savait quel corps, convergèrent vers la rue de Fleurus tandis qu'une berline noire vint se ranger à proximité. Personne ne l'attendait rue du Regard. Il avait pris soin de ne rien dire à ses proches, pas même à Lorna. Son téléphone était probablement sur écoute. Sous quelques vêtements jetés à la hâte, sa valise était remplie de médicaments, antibiotiques, somnifères, boîtes de ciclosporine et de tacrolimus en quantité pour son traitement immunosuppresseur. Un taxi viendrait le chercher à une heure improbable de la nuit pour l'aéroport de Roissy. Il était encore un homme libre, muni de papiers d'identité en règle et d'un cerveau autonome. Ses droits n'étaient-ils pas *inhérents à sa personne, inaliénables et sacrés* ? L'ennemi, c'était la matière envahissante, tous ces rêves invasifs ! Cédric considéra la tranchée d'azur sombre au-dessus des toits. Existait-il un traitement pour tête déshéritée ?

XXIII

Crash aérien sur le territoire écossais dans la nuit du mercredi 12 octobre. Un Boeing 727-200 au départ de Paris et à destination de Reykjavík s'est écrasé peu après minuit à quelques centaines de mètres d'Inchgrundle, un bourg du nord de l'Écosse, avec à son bord 149 passagers et 7 membres d'équipage. Retardé plus d'une heure à Roissy à la suite d'un incident mineur, le vol S 413 se serait écarté de son itinéraire afin d'éviter un orage de forte magnitude. Les causes de l'accident restent à élucider. On ignore s'il y a des survivants.

« Aucun risque ! » pensa Swen Geislar en transmettant la principale dépêche de la nuit sur le réseau de l'agence avant diffusion à la clientèle : environ deux mille médias répartis en France et dans le monde francophone. Il jeta un coup d'œil sur les toits de zinc et le boulevard. La lumière des réverbères perpétuait un crépuscule crayeux. Il sourit une fois de plus – avec une discrétion farouche – à constater que rien jusque-là n'était venu l'entraver dans ses projets : il assumait ses fonctions avec une retenue de clerc et nul parmi ses collègues n'osait se distraire de son petit handicap. Raidi devant son écran, il se récita du bout des lèvres un précepte de maître Sun : « Qui excelle à la guerre dirige les mouvements de l'autre et ne se laisse pas dicter les siens. »

Mais les nouvelles du monde affluaient et Swen, en ligne de mire de la plus violente actualité, avait l'impression d'être un fantassin retranché sous un déluge de feu universel. Sans faillir, il poursuivait sa besogne d'intermédiaire avec l'idée saugrenue d'ajouter à chaque envoi quelque nuance de style insignifiante, un mot de plus ou de moins, à peine une hyperbole. Il suffisait d'une virgule, d'un synonyme ambigu, d'une allusion littéraire inusitée. Swen régurgitait les dépêches reçues dans un français basique. L'esprit hanté par l'étourdissante Lorna Leer, il lui arrivait, somnambulique, de confesser tout haut son tourment sans cesser de taper sur son clavier.

L'accrochage militaire entre la Turquie et l'Iran risque d'embraser une nouvelle fois le Moyen-Orient. Derrière ce conflit mettant en jeu la géopolitique et les intérêts occidentaux, certains commentateurs voient se profiler l'affrontement inéluctable Russie-États-Unis.

Cent embarcations lourdes transportant des dizaines de milliers de militants pro-palestiniens venus de tout le monde occidental ont quitté vendredi matin le port de Larnaca, dans le sud de Chypre, avec l'intention de briser par la mer le blocus israélien de la bande de Gaza. Jérusalem promet de « couler par le fond cette armada antisémite ».

Un groupe de réflexion américain travaillant pour le Pentagone a mis en évidence l'inefficacité de la solution militaire contre la plupart des groupes terroristes. Pour aboutir à ce constat, les chercheurs ont analysé des centaines de milliers de données concernant 948 groupes terroristes recensés à travers le monde ces quarante dernières années...

Le ministère de l'Intérieur britannique a reconnu avoir égaré les données personnelles de quelque 60 000 prisonniers dangereux. Le fichier crypté contenait les noms et de la plupart des récidivistes « à surveiller en priorité pour leur comportement délictueux prolifique ».

Swen eut un petit rire rentré, comme une quinte d'asthmatique. Il se demandait ce que pouvait bien signifier ce comportement « délictueux prolifique » pour une tête d'Anglais. Un instant, le visage de Lorna Leer brouilla sa vue ou son écran. Il se mordit la lèvre et gémit en chiot blessé. Des mots sans suite montèrent à ses lèvres. « Tu ne cesseras de m'oublier tandis que je vivrai l'enfer du souvenir. Il pleut, pas une goutte ne m'atteint. Ne t'aurais-je pas assez aimée ? »

Son absence n'avait duré que quelques secondes. Il consulta son bracelet-montre. Sans plus attendre, il écarta le siège à roulettes de la table métallique, enfila son duffle-coat et traversa d'un pas de robot déglingué la salle de rédaction aux trois quarts vide. Dans le hall, au-dessus des larges feuilles cendreuses d'un caoutchouc, une pendule mécanique d'un autre temps marquait à jamais minuit moins le quart. Par réflexe, il vérifia une fois de plus l'heure à sa montre. Le préposé au bulletin météo, petit homme chauve qui arborait une large cicatrice aux couleurs changeantes, l'interpella d'une voix fluette devant les ascenseurs :

— Alors, on démissionne ?

— C'est l'heure du chien écrasé, dit le pigiste. Je me rentre !

— Buvons un jus en face. Il doit nous rester un bon quart d'heure avant le déluge.

Swen ne sut comment se dérober. Et puis, le café du tabac Vermont avait un autre arôme que l'amère teinture des distributeurs de l'agence de presse. Le météorologue se trompa de bouton et les étages supérieurs défilèrent à la vitesse d'un lanceur d'engin spatial. Par association d'idées, Swen se souvint de l'aventure incroyable d'une parapentiste allemande prise dans un orage et soudain propulsée à dix mille mètres d'altitude par les vents ascendants vers la crête en enclume d'un cumulonimbus, et qui néanmoins survécut, à demi asphyxiée, malgré la foudre et les grêlons.

Au bar, le garçon venait à peine de nouer son tablier sur un ventre proéminent. Maussade, il observa le ton bleuâtre de la cicatrice sur le crâne du bonhomme.

— Ça ressemble à de la pluie! lança-t-il d'un air vaguement complice avant de placer deux tasses sous les percolateurs.

— Tu vois, dit le météorologue, tout le monde connaît mes trucs. C'était bien la peine d'étudier cinq ans les principes de la mécanique des fluides appliquée à l'atmosphère. Mon accident a fait de moi un baromètre ambulant!

Nouveau dans la maison, Swen n'aimait pas les confidences. Il décrocha d'un présentoir l'un des quotidiens du matin à usage des consommateurs et se hissa sur un tabouret. Rien à la une sur le crash, passé sous le nez des rotatives. Son regard balaya la page des nécrologies, laquelle s'ouvrait sur le décès de Morice Allyn-Weberson : « Mort d'un géant de l'industrie pharmaceutique », pouvait-on lire sans qu'il soit fait allusion à son lien de parenté avec le premier transplanté intégral, encore moins avec la belle Lorna dont l'informaticien connaissait par cœur les faits et gestes en champion du doxing et du hot reading, voire du social engineering.

— Je retourne à mes anticyclones, dit le chroniqueur météo. C'est bien Swen Geislar, que tu t'appelles ? Il y avait un célèbre géographe allemand de ce nom-là...

— Ça doit être un arrière-grand-oncle...

— Moi, c'est Michelet, comme l'historien. Mais c'était pas mon neveu ! « L'homme est son propre Prométhée », tu connais ?

Comme à son habitude lorsqu'elle devait se rendre à l'agence, Lorna s'arrêta au Vermont pour prendre un café sur le zinc, acheter des cigarettes et la presse du matin. Toujours sur son siège, l'employé aux dépêches se considérait béni des dieux : à quelques mètres, elle ne s'était pas aperçue de sa présence. Rêveuse, elle attendait qu'on la serve, les yeux papillonnant sur les reflets d'un rempart de bouteilles et de verres disposés contre le miroir jauni du fond. Au risque d'être découvert, le jeune employé allait enfin pouvoir prendre une stature à ses yeux.

— Mademoiselle Lorna ! lança-t-il avec un sourire morcelé de grand timide. Vous savez qu'il y a des informations importantes qui échappent même aux agences...

— Ah ! C'est vous Swen ! répondit la jeune femme, dérangée dans son désœuvrement anxieux.

— Lisez donc, dit-il, en lui présentant la page nécro du quotidien, je crois bien que ça vous concerne...

Trop brutalement sollicitée par les implications de cette nouvelle, Lorna ne manifesta aucun signe de surprise ou de courroux. L'obligation de réserve où on l'avait confinée depuis la disparition inexpliquée de Cédric et son angoisse accrue de jour en jour inhibèrent en elle toute réaction, hormis une soudaine pâleur.

— Il était si vieux, murmura-t-elle distraitement avec en mémoire la figure émaciée du milliardaire et l'idée pénible qu'il aurait très bien pu s'offrir des siècles de jeunes corps décapités, de génération en génération, pour son immortalité de grand prédateur.

XXIV

Le visage amaigri sous d'épaisses lunettes de soleil, Cédric avait loué une voiture à l'aéroport de Turin afin de se rendre le plus discrètement possible à la clinique San Pedro. À bord de l'Alfa Romeo, s'il n'avait rien oublié de la conduite, il mit un certain temps à coordonner ses gestes, comme si deux paires de mains se disputaient l'usage du volant. Le professeur Aimé Ritz l'avait reçu au titre de journaliste de la presse écrite pour une interview de plus. Sans pourtant le reconnaître, le directeur du désormais célèbre établissement s'était rebiffé lorsque son visiteur partit à l'interroger au sujet de l'identité du donneur. La transplantation accomplie par Georgio Cadavero et ses équipes de chirurgiens à la clinique San Pedro était entrée dans l'histoire de la médecine. Pour le reste, Aimé Ritz pris au dépourvu avait déclaré qu'il ne savait rien de l'origine du corps, sinon qu'on l'avait livré par hélicoptère la veille de l'intervention. Les services administratifs d'une clinique inaugurée pour l'occasion n'étant pas encore efficients à l'époque, il n'avait pas accès au dossier de Cédric Allyn-Weberson, le secret médical lui eût d'ailleurs interdit sa divulgation. « Allez donc interroger *il signor* Cadavero à l'hôpital Spalline ! » lui avait-il lancé au terme de l'entretien, comme s'il ignorait que le neurochirurgien venait d'être coopté à prix d'or, en sportif de haut niveau, au Johns Hopkins Hospital de Baltimore.

À Trieste, où Cédric s'était rendu dès le lendemain, le docteur Emil Schoeler ne fut guère plus loquace. Le centre polyclinique qu'il dirigeait avait une réputation de discrétion et de haute sécurité, mais pour des motifs de rivalité d'intérêts avec ses collègues de Spalline, Schoeler reçut le journaliste sur la seule foi de sa carte professionnelle. Quand ce dernier aborda la question de l'identité du donneur, un silence circonspect parut devoir être la seule réponse. Schoeler qui n'avait pas cessé de dénoncer la starisation des mandarins de la chirurgie reconstructrice, finit par suggérer une vague piste entre deux points de bioéthique. Attentif, Cédric laissa l'homme s'épancher.

— Qui se soucie de dignité humaine à une époque où l'on spécule sur la mise en place de banques de greffons ? Le concept de mort encéphalique n'autorise pas tout, on connaît les périls qu'entraîne un transfert vers les postes d'imagerie pour une angiographie cérébrale. Et ne parlons pas des donneurs cadavériques ! Aujourd'hui, les équipes de prélèvement ont toute latitude pour obtenir les greffons dans les meilleurs délais. Croyez-vous qu'on informe systématiquement les proches d'un donneur, en Italie ? La plupart du temps, on les laisse croire à la continuité des soins alors qu'il n'y a plus d'espoir.

— Laisseriez-vous entendre que le corps greffé par Georgio Cadavero aurait pu être celui d'une personne rétive au don d'organe ou utilisé à l'insu de sa famille ?

— N'écrivez surtout pas ça ! s'écria Schoeler. À mon avis, on a dû lui procurer un accidenté de la route, par exemple un motard au cerveau détruit, les urgences en reçoivent tous les jours. Encore fallait-il qu'il corresponde idéalement aux critères de recherche diffusés dans la sphère hospitalière nationale, il ne s'agit bien sûr que de suppositions...

Perplexe, Cédric dîna ce soir-là dans un restaurant à touristes du port et gagna aussitôt sa chambre au Kempinski Palace dont l'immense façade illuminée surplombait le golfe de Trieste. Avec quel passe-droit et quel espoir d'éclaircissement aurait-il pu se lancer, par la plus saugrenue des lubies, dans la visite de tous les services d'urgence de la péninsule ? Il se dit que le professeur Schoeler, du fond de sa rancœur ou de sa jalousie, lui avait peut-être révélé des informations avérées sous les précautions oratoires de la plus vague conjecture. Dans l'incertitude et le désarroi où il baignait, s'y fier valait sans doute la gageure.

Allongé sur un vaste lit digne d'un monarque, Cédric Erg se laissa accaparer par les fausses pensées et les images tronquées de l'endormissement. Des vertiges et des étourdissements l'affectaient depuis qu'il avait quitté Paris. Sa pression artérielle était discontinue, et bien des fonctions physiologiques subissaient des influx antagoniques, mais de se mouvoir librement le sortait un peu des obsessions hypocondriaques du sédentaire, dans son cas amplement motivées. Comment ne somatiserait-on pas avec le corps d'un autre ? Dès qu'il se retrouvait seul et immobile, tout son être se mettait à l'écoute des turbulences énigmatiques des muscles et des viscères, de l'épiderme parcouru régulièrement d'ondes électriques, et de cette turbine battante dans les soutes de la nuit. C'est alors qu'un lancinement l'envahissait, sorte de douleur rêvée en place de son corps légitime. Aux lisières du profond sommeil, la plus atroce des oppressions le prenait subitement à la gorge quand, de toutes ses forces absentes, il tentait de réintégrer son ancien état aux dépens de cet homme presque entier, là, dans ce lit, qui exigeait des attouchements et des caresses. Cette lutte recommencée entre un fantôme et un mort vivant le laissait rompu d'effroi au matin. Comme une figure d'argile en mal d'éveil, il reprenait assise et s'étonnait du jour. Quelque chose en lui voulait qu'il se meuve sans désemparer vers une révélation inéluctable.

Parti en escamoteur, Cédric n'avait pas vraiment préparé cette expédition hasardeuse où chaque effort le menaçait d'implosion cardiaque ou cérébrale, mais une énergie inexpliquée le poussait de l'avant. Après le petit déjeuner pris dans la chambre afin d'ingurgiter tranquillement quantité de remèdes, il fut vite à rassembler ses pensées dans le hall de l'hôtel. Personne ne l'avait encore reconnu ni repéré. Il s'était gardé d'avoir sur lui un téléphone cellulaire. On lui ficherait la paix, dans l'anonymat des foules, comme n'importe quel «fœtus de primate parvenu à maturité sexuelle». Diverti par la formule, Cédric s'inquiéta une fois de plus de la recomposition arbitraire de sa mémoire. Il avait perdu toute familiarité avec ses souvenirs, lesquels sourdaient en lui plus ou moins contrefaits, sans ancrage défini, témoignant d'un passé incertain comme les vies antérieures.

Sur la route de Rome, au volant de son Alfa Romeo de location, il se sentit vite égaré. Pourquoi prendre cet itinéraire plutôt qu'un autre et qu'irait-il donc faire à Rome ? En fin de matinée, la chaleur dans l'habitacle devint insoutenable ; ne trouvant pas la télécommande du climatiseur, Cédric ôta veston et chemise avec une insouciance inaccoutumée. En T-shirt, ses bras solides au volant, il nota distraitement la cicatrice à son cou dans le rétroviseur. L'excroissance du derme formait un collier rosâtre où la sueur mettait des perles. Après des heures d'une conduite somnolente, l'éblouissante campagne toscane agit sur lui hypnotiquement. Un baume de lumière pénétrait la peau et l'âme. Il se sentit autre, plus souple, comme régénéré, malgré cette impression de mort imminente qui l'accompagnait sans relâche. Sur l'autoroute, après Florence, les véhicules défilant par grappes de part et d'autre lui laissaient le temps d'entrevoir les visages, des centaines de visages comme une palpitation d'écume ou la traversée d'un nuage. À l'image de sa nouvelle existence, ce spectacle fantomal le soustrayait à ses anciens repères. Le sentiment composite d'exclusion irréparable et d'intense présence prenait la forme du voyage. Cela lui était devenu évident une fois quittée la rue du Regard. L'endroit où l'on séjourne sécrète vite une illusion continue ; *a fortiori* un corps. Désormais tout se disséminait hors de lui, ne laissant plus que des idées de souvenir, des empreintes blanches, comme une pluie de météores. La splendeur du paysage à ses fenêtres s'engouffrait au fur et à mesure dans une absence d'images, une incessante dispersion de phosphènes au fond du crâne. Pareil aux apparitions cycloniques de la route, tout ne cessait de disparaître en lui.

Entre ces mouvantes brisures de kaléidoscope, Cédric aperçut une silhouette interlope sur le bord de la route. Il s'arrêta par une sorte de défiance, voulant s'assurer qu'il ne l'avait pas rêvée. L'auto-stoppeur courut jusqu'à lui et s'installa à sa droite sans un mot, son sac à dos entre les jambes. En remuant, les muscles de ses bras nus couverts de tatouages animaient toute une faune de dragons, centaures et autres créatures fantastiques.

— *Sta guardando il mio tatuaggio ?* dit l'homme. *Ne ho anche sulla schiena e sul petto...*

Comme le conducteur manifestait son incompréhension, il se mit à rire et souleva son tricot, pointant du doigt diverses chimères d'encre entremêlées.

— *Un vero museo !* ajouta-t-il. *Lei è inglese ? No ? Scusa, sarà francese allora ! Io, sono siciliano, ma parlo molto bene francese...*

Au-dessus du sein gauche, niché dans les poils, Cédric reconnut un tatouage proche de celui qu'il portait sur la face interne du bras, un symbole à trois jambes avec au centre une tête de Méduse entourée de ramilles et d'épis, sur fond pourpre et ocré. Quand il pointa l'index sur le dessin d'un air interrogateur, l'homme eut un curieux réflexe de défense.

— *Il mio paese !* s'écria-t-il. *La Trinacria, sa ? Sulla bandiera della Sicilia...*

XXV

En pays étranger, sachant peu d'une langue, on se retrouve vite hors du monde. C'est ce que se disait Cédric Erg en quittant les soutes du ferry à bord de sa voiture de location. Charybde et Scylla n'avaient qu'une résonance mythique : il avait franchi la passe du détroit sans avoir à choisir entre le tourbillon et l'écueil. Longeant les hautes collines où s'étire la ville de Messine en regard de la pointe de Calabre, il considérait le défilé des chantiers navals et des entrepôts de l'arsenal militaire, l'esprit vide de toute représentation. Il n'avait pas vraiment décidé ce périple en Sicile, entraîné cahin-caha par l'entrelacs d'analogies et de coïncidences qu'offre ordinairement un voyage solitaire. Il avait suffi d'un tatouage. Sur les édifices publics, à côté du drapeau italien, on pouvait voir flotter le gonfalon rouge et or où trois jambes s'enroulaient comme un svastika amputé, avec au centre, couleur chair, la Méduse couronnée.

Au rond-point d'un carrefour, Cédric hésita

entre la route de Trapani-Marsala et celle de Syracuse, les deux autres pointes de l'île. La chaleur soulevait des brumes sur la mer apparue entre les docks ; une lumière intense miroitait sur l'asphalte. Son visage brûlé de soleil, la chemise trempée, Cédric se fia à la sonorité des noms et s'orienta vers le sud-est. Mais en direction de Syracuse et de Catane, épuisé par ses heures de route, il bifurqua vers Taormina, sur la côte, où il s'enquit d'un hôtel.

Une heure plus tard, couché à l'abri de hauts volets d'où filtraient les bruits du port, il s'interrogea longuement sur sa présence dans cette chambre. Une impulsion butée lui avait donné la force de fuir, comme s'il s'agissait d'une question de vie ou de mort. Pourtant il se reprochait cruellement ce départ et cette errance absurde. Du point de vue du simple bon sens, cela ne le concernait en rien. Sans corps à soi, on ne meurt plus. Il regrettait des sensations simples, la présence de Lorna, sa chaleur endormie, la lumière du matin sur les toits de Paris et ce silence des choses perdues. Cette énergie qui le portait depuis quelques jours, en coq décapité courant loin du billot, il ne la comprenait pas davantage que l'espèce de désengagement foncier de son esprit. La beauté des sites traversés, les baies d'azur et les jardins étagés, les forêts cyclopéennes, les vestiges antiques sur les collines, il n'y voyait qu'un diaporama sans relief. Les excursions touristiques le rebutaient, hormis avec

Lorna, et sans doute pour lui plaire. Son cerveau brûlait d'un feu caché dont il ne distinguait que de vagues lueurs, faux souvenirs ou injonctions subliminales. *Comme si j'étais parasité*, songea-t-il. Il avait lu des articles sur l'emprise de germes pathogènes, arachnides et autres hôtes importuns sur une bonne moitié des espèces vivantes, tel le virus de la grippe qui modifie à son avantage les comportements humain ou porcin en provoquant une toux contaminatrice. Ou ces vers des étangs infectant d'autres larves aquatiques que les grillons dévorent une fois à l'air libre ; devenus adultes dans leurs intestins, ces mêmes vers prendront le contrôle de l'insecte jusqu'à le pousser à la noyade, de sorte à poursuivre insoucieusement leur cycle de reproduction.

Cédric battit des paupières sur les fentes lumineuses des volets de bois et versa bientôt dans un rêve. *Cet affreux petit crustacé qui remplace la langue du poisson qu'il parasite, changerait-il son accent et son vocabulaire ? Une pareille bestiole diserte en italien lui aurait été fort utile. Ou bien quelque oiseau polyglotte voletant d'une bouche à l'autre afin de permettre la compréhension universelle.* Voilà que des nuées de passereaux de toutes les couleurs l'assaillent et lui tatouent à coups de bec une tête de Gorgone grimaçante sur la poitrine.

Il s'éveilla en sursaut dans la pénombre, une douleur au côté, terrifié à la pensée de mourir dans cette chambre inconnue. C'est d'un pas incertain qu'il alla écarter les persiennes sur le couchant. Des lumières dessinaient la découpure des côtes entre l'azur déjà semé d'étoiles et les ténèbres montantes de la mer Ionienne. Mais qui était-il vraiment? Avait-il une quelconque réalité? Une pensée discontinue ne pouvait prétendre à l'existence, ou alors au même titre qu'une intelligence artificielle. Il se souvint de ses cours d'économie politique à la faculté. « Ce n'est pas la conscience des hommes qui détermine leur être, c'est au contraire leur être social qui détermine leur conscience. » La lecture de Karl Marx avait détruit en lui un reliquat de platonisme adolescent. Aujourd'hui, il n'était plus qu'une conscience sans adhésion aux choses, un état d'hébétude en quête d'une intimité à lui-même, ou d'une quelconque harmonie. Était-ce possible qu'il n'eût plus d'âme? Avant la transplantation, lorsqu'il implorait qu'on le débranche, ce ne pouvait être que dans l'aspiration forcenée à quelque au-delà. On ne se suicide que pour mieux vivre. Mais elle n'avait plus de corps, l'espérance! Quelle mère ou quelle amante viendrait jamais lui raconter l'histoire de l'amour tenace et des féeries? Il percevait désormais la mort comme une manière d'insomnie blafarde et sourde, privée de l'usage des sens, infiniment plus effroyable qu'une veille de damné. Et, de fait, il attendit l'aube sans quitter des yeux les lumières du large.

Au petit matin, Cédric reprit la route pour Syracuse avec une hâte qui ne lui appartenait pas.

Son intention de visiter tous les hôpitaux de Sicile lui parut subitement à peine moins extravagante que sa présence sur l'île. En face de lui, glissant de sa gauche à sa droite au gré des virages, l'Etna accapara vite toute son attention, immense, pareil au mont Fuji qu'il avait pu voir autrefois, avec au plus haut cratère une fumée bleuâtre en forme de double corne. Il se remémora d'autres lectures, songeant au fou d'Agrigente, à ces monstres à la démarche traînante, aux mains innombrables, aux têtes sans cou qui errent sur la terre, aux bras nus et privés d'épaules, aux yeux vaguant, dépourvus de front, à cette progéniture de bœufs à tête d'homme ou d'hommes à tête de bœuf. Justes prophéties d'Empédocle, avant sa chute dansée dans l'éternel bain des laves ! Ne pouvait-on pas désormais « passer les uns à travers les autres », devenir des créatures mélangées « pourvues de parties stériles » ?

Au niveau du volcan, oubliant Syracuse, Cédric quitta la voie express du littoral et prit une bifurcation vers la côte, en direction de Catane. C'était la deuxième cité de l'île, pourquoi y jouerait-on moins qu'ailleurs la carte du hasard ? D'avoir perdu l'esprit lui avait rendu sa mobilité. L'intense radiation solaire ne le dérangeait plus. Prévenu des risques de mélanomes ou carcinomes conséquents au traitement immunosuppresseur, il protégeait surtout son visage. Il gara l'Alfa Romeo sous l'ombre d'un platane. Affublé d'un panama acheté sur la route et de lunettes noires, il erra longtemps dans les rues désertes du centre-ville. Absurdement, au service des urgences de l'hôpital Cannizzaro, il balbutia son peu d'italien aux infirmiers qui fumaient entre la rampe des ambulances et les portes battantes menant au bloc opératoire. L'un d'eux, fort de quelques mots de français, crut avoir affaire à un échappé du service psychiatrique.

— Des accidentés de la route, *signore*, il en défile tous les jours ! *Andate pure a richiedere all'amministrazione...*

À la Polyclinique universitaire ou à l'hôpital Vittorio Emanuele II, on le reçut avec le même embarras suspicieux. Cédric regagna sa voiture et se perdit sur des hauteurs arides dominées par l'Etna. Il roula sans but entre le volcan et la mer, accablé par la chaleur. Revenu par d'autres routes en lacets dans la basse ville, un méandre de ruelles obscures autour d'églises, de théâtres et de fontaines monumentales, succéda aux étagements de palais baroques. Cédric longea à nouveau les docks des bassins portuaires et les roches laviques du rivage témoignant d'éruptions dévastatrices. Après les plages de sable noir et le golfe d'Ognina, il vit s'étendre des eaux d'argile au milieu de paluds. Une auberge en surplomb de l'embouchure attira son attention. Il irait donc se réfugier à L'Oasis du fleuve Symèthe. L'Alfa Romeo rangée à l'abri de tonnelles, Cédric prit son bagage, convaincu d'en avoir fini avec cette circumambulation somnambule.

Dans le hall de l'auberge, une reproduction de *l'Agathe portant ses seins sur un plateau,* de Piero della Francesca, était suspendue entre le comptoir et l'escalier. Surgie d'une sorte de placard à balais, une naine aux cuisses énormes coiffée d'une casquette d'homme découvrit le visiteur en contemplation devant le tableau.

— *A Catania*, dit-elle, *amiamo i seni di sant'Agata anche come dolci.*

XXVI

— À garder dans ton cœur muet, balbutia à voix basse Cédric expulsé d'un rêve d'exil absolu, sur une île désertique. *À garder dans ton cœur muet*, répéta-t-il en se redressant sur les coudes. Qu'est-ce que cela peut bien vouloir dire ?

Après soixante-douze heures de léthargie derrière des volets clos, nu sous l'énorme ventilateur du plafond au vrombissement d'aéroplane, il admit que sa réclusion avait assez duré. Dormir nuit et jour entre deux repas en chambre dans une auberge d'estivants n'allait pas tarder à le rendre suspect. Et puis il s'ankylosait, des harassements de vieillard lui brisaient la nuque. La sonnerie du téléphone l'éveilla alors tout à fait. La naine à casquette de l'office lui annonçait une communication avec *Parigi*. Une voix brouillée d'interférences s'y substitua quelques secondes plus tard.

— Cédric, tu m'entends ?

Il garda le silence, partagé entre un fond de

joie sans affect et un sentiment composite d'artifice et de déloyauté.

— Ton père est mort lundi dernier, on l'a inhumé hier à Genève, tu m'entends ? Il faut que tu rentres. On te recherche...

— Mon père, mort ? C'est vraiment toi, Lorna ? se récria-t-il comme se remémorant un monde évanoui depuis des années.

— Il faut prendre un avion et rentrer au plus vite. Tu es en danger à Catane...

— Comment as-tu appris ?

— Turin, Trieste, Rome, la Sicile ? Par les relevés de ta carte de crédit, ce n'est pas compliqué. Et puis un avis de disparition a été lancé. Ton portrait passe sur tous les médias depuis hier. Georgio Cadavero a déclaré craindre un enlèvement sur une chaîne américaine. Il ne se trompe pas, ta tête est probablement mise à prix. Maintenant tu as deux équipes de tueurs à tes basques et ce sont peut-être les mêmes...

— Où es-tu ? Je ne comprends pas.

— Je t'expliquerai de vive voix. Dissimule-toi au mieux. Je viens te chercher où que tu sois. Tu es en grand danger, m'entends-tu ?

Lorna eut le temps de lui dévoiler ce que son père lui avait appris dans sa maison de Versoix. L'accident à bord du voilier *L'Évasion* était assurément une tentative d'homicide. Autant que l'héritier impossible des laboratoires M.A.W., on avait visé en lui le polémiste, l'ennemi acharné des industries pharmaceutiques et des trusts pétroliers. La communication s'interrompit sur un sifflement aigu après qu'elle eut dit : « Mais il y a autre chose... »

Devant le miroir de la salle d'eau, toujours nu, il considéra sa cicatrice indurée, épaisse comme une corde de pendu. Ses traits s'étaient modifiés depuis sa greffe. Un spécialiste en chirurgie faciale lui avait parlé des transformations autoplastiques du visage liées aux traumatismes, à l'âge ou à la folie. Il finirait par perdre toute ressemblance, tant physique que morale. Ce qui se produisait en lui pouvait s'approcher d'une psychose blanche, sorte de schizophrénie factuelle. Il était devenu un objet d'étude, une de ces têtes coupées que Géricault se procurait auprès de médecins de morgue pour les peindre dans son atelier. Ce corps viril sous lui ne valait pas mieux qu'une habile prothèse ou un décor d'illusion. Du moins lui servirait-il à décamper : on l'avait assez vu à Catane. Il devait au plus tôt reprendre la route pour Syracuse.

Dans le vestibule, sa valise en main, Cédric laissa un pourboire conséquent au personnel curieusement accouru pour le saluer. Surgie de son placard, la naine lui saisit l'avant-bras si vivement que sa casquette vola au sol.

— *È lei, il trapiantato!* s'exclama-t-elle. *Che onore per la nostra istituzione. Permettici di prendere una foto di voi davanti all'hotel...*

Cédric s'échappa avec effroi de ce désordre.

L'Oasis du fleuve Symèthe derrière lui, il évita de retourner en ville et prit un embranchement vers la voie express. Qu'avait voulu dire Lorna au téléphone ? Quel autre danger pouvait-il craindre qu'imploser à cause d'un rejet suraigu asymptomatique ? En sujet hybride, vague artefact de lui-même, il avait tout appris des mauvais tours que la médecine lui réservait.

Au volant de l'Alfa Romeo, filant sur les routes désertes, Cédric fut bientôt à proximité du volcan. Le soleil était à son zénith. La montagne devant lui vibrait dans l'air embrasé. Au premier carrefour, un barrage de la brigade mobile de la Questure de Catane le contraignit à montrer patte blanche. Les policiers s'excusèrent en découvrant en lui un banal touriste français. L'un d'eux évoqua les « mauvaises familles » de la région, les trafics, les assassinats. On ne lui demanda pas même ses papiers. Cependant, troublé par l'incident, il s'était trompé de direction et roulait maintenant sur une voie à sens unique, vers le centre-ville. Une fébrilité l'avait pris, comme un ébouillantement ; la sueur de la nuque et du corps affluait autour de sa cicatrice. À Catane, il s'enfonça dans les ruelles du port où la lumière tranchée distribuait des pans de nuit entre les façades. Parvenu via Etnae, une soif intense le poussa à garer la voiture à l'angle d'une vaste place piétonne où des groupes épars déambulaient. C'est sans réfléchir qu'il tituba jusqu'à la vasque de marbre ruisselante coiffée d'un éléphant porteur d'obélisque en pierre de lave, et s'y plongea à demi, le buste en avant. Pris d'étourdissement, il perdit conscience au milieu des jets d'eau. La foule intriguée commençait à faire cercle et il fallut qu'un enfant criât à la noyade pour qu'on vînt le secourir. Un prétendu secouriste défit sa chemise et Cédric apparut dénudé jusqu'à la taille aux yeux de tous avec, au niveau du cou, cette terrible cicatrice caoutchouteuse couleur lie-de-vin. Quand il reprit connaissance, les visages penchés autour de lui marquaient plus de curiosité que de répulsion, une sorte de défiance aussi pour l'ivrogne ou l'insensé qui venait de s'exhiber. Certains l'observaient par en dessous, avec cette expression impudente de la présomption. Avaient-ils reconnu en lui la créature des modernes Frankenstein ? Une jeune femme brune en robe noire moulante repêcha de la vasque sa paire de lunettes solaires et la lui remit dans les mains d'un air extraordinairement affecté, comme s'il s'agissait de ses yeux vivants. Cédric de nouveau sur pied reboutonna son col. Saluant avec gaucherie ce public improvisé sous l'ombre naissante de l'éléphant, il s'enfuit vers la via Etnae tandis qu'une sirène d'ambulance retentissait non loin. Les cheveux encore dégoulinants, il allait regagner sa voiture, davantage éprouvé par tous ces regards que par son coup de chaud, quand la jeune femme brune de la fontaine l'aborda.

— Je vous ai reconnu, lui souffla-t-elle d'emblée dans un français approximatif. Vous êtes l'homme de Turin. Celui qui…

Incapable d'achever sa phrase, ses yeux couleur d'or ou de soufre agrandis, elle eut un petit geste ambigu du plat de sa main droite, comme pour signifier l'égorgement ou la décapitation. Des larmes coulaient sur son visage. Était-ce la sainte de Catane échappée des reliquaires de la cathédrale, la vierge aux seins arrachés venue consoler le pauvre pécheur au cou coupé… Amusé dans sa frayeur, Cédric se souvint vaguement d'un poème d'Apollinaire. Il lui demanda ce qu'elle lui voulait, agacé par cette proximité charnelle, à quelques centimètres de son visage, dans la lumière mordante. Quel pouvait être ce fameux poème ?

— Je sais bien qui tu es, dit-elle avant de se reprendre hâtivement : Je sais qui vous êtes. D'ailleurs je vous attendais d'une certaine manière. C'était impossible autrement, impossible…

Cédric Erg la contemplait sans l'entendre, à la fois ému de sa beauté de renarde et désespéré par cette lumière tragique à force de vibrer, ces senteurs d'encens et de roses séchées exhalées des églises et tout ce monde sans repères. Deux vers lui revinrent alors à l'esprit :

Adieu Adieu
Soleil cou coupé

XXVII

Ce qui lui arriva juste après son malaise participait à peine de sa conscience, comme en état d'ébriété ou sous l'effet de psychotropes. Il ne s'en souviendrait que d'une manière diffuse et par bribes, mais celles-ci avaient l'intensité de certains rêves plus éclatants que toute veille. Anantha l'avait entraîné dans un dédale de venelles et d'escaliers. «Il y a une fraîcheur d'église chez moi, tu te reposeras», lui avait-elle glissé à l'oreille en lui prenant le bras. Il s'était convaincu de la nécessité vitale d'emporter avec lui son bagage. C'est à bord de l'Alfa Romeo qu'ils parvinrent finalement à Librino, un quartier populaire de Catane. Le trouble de l'âme serait-il lié à l'incapacité de maîtriser son souffle ? Pour y pallier, encore eût-il fallu que l'air aspiré fût sien ; mais rien ne lui appartenait en propre, aucune jouissance de ce corps. Son cerveau subissait un autre système endocrinien ; que peuvent cent milliards de neurones face à la submersion hormonale ? Les mécanismes moléculaires de la chimie pharmaceutique tendaient à rééquilibrer les systèmes de régulation organique aux dépens de son esprit. Il avait fini par comprendre que les immunosuppresseurs prenaient sa tête pour cible ; c'était bien elle le greffon, le non-soi ! Même les sons, il devait se les réapproprier, en faire des cris de tête ou des mots-âme, l'écho filé d'une autre compréhension.

Combien de jours ou de semaines avait-il vécu cloîtré dans la chambre d'Anantha ? La notion du temps exige quelque maîtrise sur ses sensations. Mais l'heure et l'orientation lui échappaient. À demi inconscient, chose s'observant devenir chose entre les mille bras d'une ombre, il subissait une espèce d'extase ou de supplice languide. Car Anantha s'était emparée de lui sans états d'âme et follement, comme une louve d'un petit d'homme. C'était une grande femme aux membres déliés, les seins durs sous un visage sombre, les yeux comme peints à l'encre, fixes, immenses. Avant même d'entrevoir la Gorgone tatouée à son bras, elle l'avait reconnu, étendu sans conscience sous l'éléphant en pierre de lave. Entre elle et lui, le sang avait battu au premier regard. Elle s'était approprié ce corps désirable en carnassière, mordant sa peau jusqu'à la cicatrice, léchant, fouillant les sillons des muscles des lèvres et de la langue, avalant les doigts et la verge, écrasant sur les cuisses ou les mains le fruit déchiré de son ventre. Que faire de la nuit solitaire et des yeux aveugles ? « Alessandro ! » lui criait-elle, aussitôt muette et secouée de spasmes. Elle répétait ce nom longtemps derrière la pénombre habitée des volets, dans le grondement sourd de la nuit. Et puis soudain dressée, les cheveux épars, elle sanglotait sans lâcher prise, griffant cette poitrine, son regard peint rivé sur l'étroit paysage de chair instable. « *Mai più ci separeremo*, disait-elle cent fois en secouant la tête, *mai più, amore mio !* »

Abasourdie par l'hallucinante vision du corps dénudé de son amant au pied de la fontaine, Anantha s'était réfugiée dans le silence buté de la sensualité. Elle ne reconnaissait pas la voix d'Alessandro, mais c'était bien ses bras solides, son sexe déployé entre ses doigts, le goût opiacé de ses aisselles. Elle revisitait chaque centimètre de sa peau, le moindre grain de beauté, les plis et ridules. Elle frottait ses seins gonflés contre ses fesses, pressant ses lèvres et toute sa figure mouillée de salive au creux des reins et le long du double sillon musculeux que séparent les vertèbres. Elle chuchotait des mots inconnus contre son cœur, juste entre les côtes, à ses grandes mains ouvertes, aux veines battantes du poignet ou de l'aine. Elle implorait cette hampe durcie de se planter en elle, de la saillir au plus profond, de lui faire un enfant.

Nuque contre l'oreiller, des heures durant, la tête délaissée subissait un mélange d'influx plus ou moins douloureux, d'éclairs imagés, de bribes de songes ou de pensées toutes captives d'une glu d'impressions organiques. Le jour, dès l'aube, un battement continu secouait le sol, comme les turbines et les brûleurs d'un cargo sans destination. Les nuits précipitées semblaient doucement bruire du halètement d'innombrables chauves-souris suspendues aux solives. Il n'y avait apparemment aucun voisinage. Le logement devait être situé au-dessus de quelque industrie – maréchalerie, forge ou fonderie. Un escalier de service menait sans doute aux combles aménagés. Ses clefs en main, nue sous une robe moulante vite ôtée, Anantha allait et venait. Elle rapportait des provisions, de l'alcool, des cigarettes. Jamais il n'avait connu d'amante plus affamée. Mais dans son impatience à mêler sa chair à celle de son otage, un air de panique ou de terreur déformait son visage. Anantha était toujours un peu ivre d'un vin noir tiré de bouteilles paillées. Quand elle buvait devant lui, verre après verre, il arrivait toujours un moment où elle partait à sangloter, répétant : « Je sais bien que toi tu ne bois pas, Alessandro, *che non hai mai bevuto una goccia di alcol, mai, mai...* »

L'esprit un peu plus clair, Cédric jugea un matin qu'on devait le droguer ou alors qu'un processus fatal l'aliénait au système neurovégétatif de ce corps, à son idiosyncrasie petit à petit rétablie dans sa massive prépondérance. Que restait-il de son libre arbitre ? Pensait-il encore par lui-même, à travers toute cette gestualité instinctive et les sensations internes dont il recevait d'étranges signaux ? Il avait lu naguère des articles oiseux sur une intelligence du ventre, le fameux *hara* nippon, une espèce d'esprit charnel opposé au firmament cérébral. Depuis qu'il était sous l'influence de cette terre, dans l'éblouissement, prisonnier d'une veuve ou d'un volcan, il se sentait comme réfléchi à ses dépens, lui-même objet d'une intention informe. Échappe-t-on à semblable lutte ? Dans un combat sans merci, une part de lui s'abandonnait à ce lent dessein vital, à cette hystérie envahissante des muscles et des organes. Comment douter que le corps décapité d'Alessandro ne fît usage, en pillard irréfléchi, des symboles, des mots et des images qui appartenaient en propre à sa mémoire ? Quand sa geôlière le laissait seul, parfois, il s'arrachait à la pesanteur, nu et moite de sueur, et allait trébucher çà et là dans la pénombre des jalousies. Les lieux avaient pour lui une intimité paradoxale liée à leur étrangeté. Dans une pièce attenante encombrée de meubles et de malles, il découvrit un album de photographies. Anantha s'y montrait souriante, de bonne compagnie, sans cette fièvre du regard. Sur d'autres clichés, il n'eut pas de mal à identifier Alessandro en tenue de motard, un casque sous le bras ou en maillot de bain sur une plage italienne. C'était bien le même corps aux larges pectoraux et à la taille étroite, avec au bras le triskèle bleuâtre du tatouage. Sa fascination finit par se muer en une fulgurante impression de déjà-vu. Pourtant l'homme ne lui ressemblait guère. Les traits plutôt féminins, des yeux clairs et la chevelure abondante, il fronçait un peu les sourcils, une légère crispation au coin de la lèvre. Parmi nombre d'éléments coïncidents, comme la stature, les mensurations, le groupe sanguin ou les allergies, l'aspect du visage n'était évidemment pas entré en compte dans les caractéristiques requises du corps compatible. Obnubilé par ce visage que, d'une atroce façon, il remplaçait en ses étroites limites, Cédric ne pouvait s'empêcher d'en subir le charme tout de candeur virile ni refouler une sourde colère à son encontre, presque du dépit. Quand elle s'emparait du corps vivant de son bien-aimé, Anantha évitait tout contact avec la tête étrangère qu'elle dissimulait le plus souvent d'un pan de drap. À l'écart de ces mystérieux ébats, il subissait pourtant quelque chose de leur plaisir dans les replis de sa cervelle.

Un portrait de face d'Alessandro, les épaules nues, l'absorba jusqu'à perdre toute notion de sa présence, s'abîmant en lui avec cette répulsion fascinée qu'ont les désespérés pour le vide ou les eaux profondes. C'était vertigineux, ce jeu de massacre d'une tête et d'un corps à l'autre. Désormais sa destinée manquerait sans recours à l'existence. Était-il même vivant ? Son crâne roulait sans fin au pied d'un billot de viande et d'os. Sur un plan organique, il était bien cet autre qui l'inondait d'un sang trop épais et de ses humeurs, en lui imposant son rythme cardiaque et ses fièvres. Cédric, dans son affolante perplexité, se demanda comment fuir un pareil cauchemar, aussi horrifiant quand il palpait sa cicatrice que douceâtre entre les bras sombres de cette veuve amoureuse aux yeux peints.

Dans un carton à chaussures, une autre fois, il découvrit un tas de vieux journaux entiers ou découpés. Anantha avait conservé les articles du *Quotidiano di Sicilia* concernant l'accident de son compagnon. On voyait ce dernier tour à tour souriant en tenue de motard et couché sur un brancard au service des urgences d'un hôpital de Catane. Il lut attentivement chaque coupure de presse. Alessandro Branci avait été renversé sur une route du littoral, entre la mer et le volcan, le 7 juillet de l'année passée, soit l'avant-veille de sa transplantation à Turin ; conduit en ambulance à la clinique de la Principessa Jolanda, les chirurgiens n'avaient pu que constater la mort cérébrale. Un accident banal. Le motard roulait en état d'ivresse. On lui avait trouvé une alcoolémie considérable. D'un autre carton, Cédric sortit des papiers d'identité, un passeport périmé où, aux indications de taille, de couleur d'yeux et de lieu de naissance, s'ajoutaient deux visas pour la Tunisie voisine. La photographie, plus nette que sur le journal, l'affecta physiquement par de vives démangeaisons à sa cicatrice.

— *Non è grazioso, signore!* lança Anantha qui,

de retour, venait de le surprendre au milieu de ses investigations.

Refermant la porte, l'air affolé, elle se garda de lui apprendre qu'une femme le cherchait éperdument en ville, une journaliste venue de France, moins encore qu'elle s'était permis de l'éconduire comme une voleuse au seuil de la manufacture.

Cédric se tourna vers Anantha les bras écartés, des coupures de presse plein les mains. Il eut soudainement l'intuition que son sort dépendait du bon vouloir de cette renarde aux yeux fauves et des individus qui l'entouraient. Comment était-il parvenu jusqu'à elle, par quelle aspiration machinale, quels obscurs détours du désir? Lui-même ne savait plus d'où il venait; une fièvre noyait ses derniers souvenirs. Paris, Genève ou Rome, les grands décors de sa mémoire s'effondraient; ils s'effaçaient tout autour de lui. Jamais il ne pourrait quitter cette île. Lorna n'était plus en lui qu'une aspiration sans épaisseur, à peine réelle. Les machines-outils de la manufacture cessèrent brusquement d'ébranler le sol. Des profondeurs du corps ou de la nuit monta un chant inconnu. «À garder dans ton cœur muet», crut-il entendre alors que le silence du soir haletait à ses oreilles.

— Ils vont venir vous tuer, murmura précipitamment la jeune femme en se versant un verre de chianti. Ils sont payés pour ça, ceux de la famille, *padri e figli*. Il faut partir maintenant, tout de suite ! Il faut vous enfuir le plus loin possible...

Nerveuse, les yeux assombris, Anantha se resservit à boire son verre à peine vidé et partit à rire amèrement. Puisqu'on pouvait désirer un mort à la folie, pourquoi ne le tuerait-on pas ? Elle se mit à trembler, les yeux luisant de larmes.

— Alessandro ne buvait pas ! s'exclama-t-elle. *Alessandro, non hai mai bevuto una goccia di alcol, mai, mai...*

Épilogue

Toujours à son poste de fantassin de l'information, Swen Geislar, retranscrivait les nouvelles du jour qui affluaient du monde, à sa manière précise et secrètement obviée. Aucun des correspondants de l'agence de presse en liaison avec lui n'y prenait garde, mettant sur le compte d'un souci de concision ses petites fantaisies. Distrait par un vol de corneilles, Swen jeta un coup d'œil sur les toits de zinc du boulevard des Italiens. Une averse continue leur donnait un lustre de miroir sous la lumière plombée. Les dépêches pleuvaient aussi sur son terminal.

Une équipe autrichienne a mis au point une main bionique commandée par le cerveau offrant des avantages comparables à ceux d'une greffe, et permettant d'assurer de nombreuses manipulations de la vie courante. Selon le professeur Aszmann, la reconstruction bionique est moins risquée que la greffe de la main pratiquée depuis 1997, laquelle nécessite la prise de médicaments immunosuppresseurs très puissants, et aboutit parfois à la nécessité de réamputer le malade.

Une nouvelle fuite d'eau radioactive, avec un taux de radioactivité jusqu'à cent fois supérieur aux valeurs enregistrées depuis la catastrophe, a été détectée ce matin sur le site de la centrale japonaise de Fukushima, selon l'opérateur Tepco.

Une équipe internationale à laquelle ont participé des chercheurs du service d'Astrophysique-AIM et du service de Physique des Particules du CEA-Irfu vient de découvrir grâce au satellite Méga-Planck des amas d'amas d'amas de galaxies aux caractéristiques jusque-là inconnues. Situés à de prodigieuses distances, les amas d'amas d'amas qui regroupent jusqu'à un millier d'amas d'amas de galaxies sont les plus grandes structures compossibles de l'univers. Les astrophysiciens ont pu détecter ce nouveau type d'objet cosmique grâce à l'empreinte laissée dans le rayonnement de fond de l'univers par le gaz chaud des amas. Sur les 389 amas au carré détectés par Méga-Planck à des distances variant entre 5 et 10 milliards d'années-lumière, la plupart étaient inconnus jusqu'alors.

Swen soupira de consternation devant l'épuisante disparité des nouvelles reçues, articles épars de cette grande encyclopédie de l'actualité que la machinerie des médias moulinait nuit et jour.

Quelle était la place de l'intermédiaire besogneux dans tout ça ? En changeant un mot, de temps à autre, on pouvait certes s'amuser un peu.

> *La découverte de viande humaine dans des lasagnes de marque Pindus, censées être au bœuf, a provoqué un scandale au Royaume-Uni – où l'homme est vénéré et sa consommation taboue – et entraîné le retrait vendredi des plats incriminés en France et en Belgique. La viande humaine trouvée en importantes quantités au Royaume-Uni (jusqu'à 100 %) dans les lasagnes Pindus provenait d'un producteur roumain, a expliqué aux enquêteurs le président de la société Cadigel, productrice des plats suspects. On a pu déterminer qu'elle venait d'abattoirs de la région de Timisoara qui abattaient et découpaient du bœuf et de l'homme, a-t-il ajouté.*
> *Mais pour le Premier Ministre britannique David Cameron, cette « histoire très choquante est tout à fait inacceptable ». Elle suscite un problème de « confiance », a-t-il estimé depuis Bruxelles. Au Royaume-Uni, l'affaire revêt aussi une dimension culturelle : la viande humaine y est normalement indisponible dans le commerce, au contraire de la France et de la Suisse où elle est réputée pour sa tendreté. Au Royaume-Uni, pays par excellence des courses à pied, l'homme est l'un des principaux récipiendaires de la version animalière de la Victoria Cross, distinction militaire suprême de l'armée britannique.*

Histoire de rire, Swen allait envoyer la dépêche ainsi reformulée à Michelet, son collègue météorologue, quand passa sur son écran de veille une nouvelle retransmise depuis Palerme qui le frappa au cœur. Il se fichait bien de « la fin tragique du premier transplanté intégral », mais Lorna, Lorna ! Comment survivre un seul jour à la seule fille qu'il eût jamais rêvé d'aimer ? Cependant il se ressaisit, les yeux déjà secs. Le grand reporter de l'agence qu'on parachutait aux quatre coins de l'apocalypse n'était pas femme à se laisser piéger, serait-ce par les criminels de la Cosa Nostra ! Un espoir ténu l'engagea à faire défiler l'information d'un doigt tremblotant.

Le meurtre du premier transplanté intégral et de sa compagne provoque un émoi considérable dans les milieux de la recherche médicale et de la finance. Retrouvé atrocement mutilé dans l'habitacle d'une Alfa Romeo de location sur une route du littoral sicilien, Cédric Allyn-Weberson, seul héritier d'un riche industriel suisse récemment décédé, avait disparu de sa résidence parisienne le 30 juin dernier. S'il ne fait guère de doute que la Stidda soit impliquée, on s'interroge sur les mobiles de ce double homicide. Cédric Allyn-Weberson était-il l'otage de la mafia locale et aurait-il pu survivre sans médicaments spécifiques ? Ses geôliers l'ont-ils assassiné comme il est fréquent lorsqu'une ran-

çon n'est pas remise ? Une autre piste concerne Lorna Leer, la compagne du transplanté. On se souvient que cette journaliste d'investigation avait ouvertement mis en cause un consortium de laboratoires pharmaceutiques à propos d'une tentative d'homicide sur la personne de Cédric Allyn-Weberson. Débarquée l'avant-veille du drame à l'aéroport international de Catane, elle venait d'enregistrer et de diffuser sur un site web d'information et d'opinion le témoignage d'une infirmière anesthésiste de la clinique de la Principessa Jolanda dont nous tairons le nom. Cette dernière affirme qu'un motard accidenté transporté aux urgences deux jours avant la fameuse transplantation de Turin ne présentait à la réception aucune lésion visible mais semblait plutôt sous l'influence d'un hypnotique du type propofol ou étomidate, avant d'être déclaré en état de mort cérébrale à la suite d'une intervention chirurgicale désastreuse. On ignore encore le rapport éventuel entre ces déclarations et l'exécution par décapitation du célèbre transplanté dont seule la tête a été retrouvée aux pieds de la journaliste abattue d'une balle dans la tête au volant de l'Alfa Romeo. L'enjeu probablement considérable d'une rançon devenue insolvable dans les circonstances laisse soupçonner une collusion des preneurs d'otages et des tueurs avec des commanditaires haut placés, proches des milieux d'affaires. Europol et la police judiciaire italienne enquêtent de conserve avec les Carabinieri pour élucider un mystère qui s'épaissit d'heure en heure (...)

« Invraisemblable ! » s'écria Swen. Cette infirmière trop bavarde, toute cette histoire de mafia et de chasse à l'homme, de ravisseurs payés davantage pour liquider leur otage que pour le livrer ! L'un de ses petits rôles à l'agence de presse ne consistait-il pas à établir la pertinence et l'authenticité de toute dépêche avant transcription ? Et celle-là, voulait-il croire, manquait diablement de la plus élémentaire crédibilité.

DU MÊME AUTEUR

Romans & récits

UN RÊVE DE GLACE, Albin Michel, 1974; Zulma, 2006.

LA CÈNE, Albin Michel, 1975; Zulma, 2005; Le Livre de Poche, 2011.

LES GRANDS PAYS MUETS, Albin Michel, 1978.

ARMELLE OU L'ÉTERNEL RETOUR, Puyraimond, 1979; Le Castor Astral, 1989.

LES DERNIERS JOURS D'UN HOMME HEUREUX, Albin Michel, 1980.

LES EFFROIS, Albin Michel, 1983 (prix Georges Bernanos).

LA VILLE SANS MIROIR, Albin Michel, 1984.

PERDUS DANS UN PROFOND SOMMEIL, Albin Michel, 1986.

LE VISITEUR AUX GANTS DE SOIE, Albin Michel, 1988.

OHOLIBA DES SONGES, La Table Ronde, 1989; Zulma, 2007.

L'ÂME DE BURIDAN, Zulma, 1992; Mille et Une Nuits, 2000.

LE CHEVALIER ALOUETTE, Éditions de l'Aube, 1992; Fayard, 2001.

MEURTRE SUR L'ÎLE DES MARINS FIDÈLES, Zulma, 1994 (prix des Administrateurs maritimes).

LE BLEU DU TEMPS, Zulma, 1995 et 2018.

LA CONDITION MAGIQUE, Zulma, 1997 et 2014 (Grand Prix du roman de la SGDL).

L'UNIVERS, Zulma, 1999 et 2009; Pocket, 2003.

LA VITESSE DE LA LUMIÈRE, Fayard, 2001.

LE VENTRILOQUE AMOUREUX, Zulma, 2003.

LA DOUBLE CONVERSION D'AL-MOSTANCIR, Fayard, 2003.

LA CULTURE DE L'HYSTÉRIE N'EST PAS UNE SPÉCIALITÉ HORTICOLE, Fayard, 2004.

LE CAMP DU BANDIT MAURESQUE, Fayard, 2005.

PALESTINE, Zulma, 2007; Le Livre de Poche, 2009; Folio n° 5984, 2015 (prix des Cinq Continents de la francophonie 2008; prix Renaudot poche 2009).

GÉOMÉTRIE D'UN RÊVE, Zulma, 2009; Le Livre de Poche, 2010.

OPIUM POPPY, Zulma, 2011; Folio n° 5516, 2013 (prix du Cercle Interallié 2012).

LE PEINTRE D'ÉVENTAIL, Zulma, 2013; Folio n° 5742, 2014 (prix Louis Guilloux 2013; Grand Prix SGDL de littérature 2013 pour l'ensemble de l'œuvre; prix Océans France Ô).

THÉORIE DE LA VILAINE PETITE FILLE, Zulma, 2014; Folio n° 6150, 2016.

CORPS DÉSIRABLE, Zulma, 2015; Folio n° 6513, 2018.

MĀ, Zulma, 2015 et 2017.

LES COÏNCIDENCES EXAGÉRÉES, Mercure de France, 2016.

PREMIÈRES NEIGES SUR PONDICHÉRY, Zulma, 2017.

CASTING SAUVAGE, Zulma, 2018.

Nouvelles

LA ROSE DE DAMOCLÈS, Albin Michel, 1982.

LE SECRET DE L'IMMORTALITÉ, Critérion, 1991; Mille et Une Nuits, 2003 (prix Maupassant 1991).

LA FALAISE DE SABLE, Éditions du Rocher, 1997 (prix Georges Oulmont 1998).

MIRABILIA, Fayard, 1999 (prix Renaissance de la nouvelle 2000).

QUELQUE PART DANS LA VOIE LACTÉE, Fayard, 2002.

LA VIE ORDINAIRE D'UN AMATEUR DE TOMBEAUX, Éditions du Rocher, 2004.

LA BELLE RÉMOISE, Dumerchez, 2001 ; Zulma, 2004.

VENT PRINTANIER, Zulma, 2010.

NOUVELLES DU JOUR ET DE LA NUIT : LE JOUR, Zulma, 2011.

NOUVELLES DU JOUR ET DE LA NUIT : LA NUIT, Zulma, 2011.

LA BOHÉMIENNE ENDORMIE, Invenit, 2012.

GÉOGRAPHIE DES NUAGES, Paulsen, 2016.

Essais

MICHEL FARDOULIS-LAGRANGE ET LES ÉVIDENCES OCCULTES, Présence, 1979.

MICHEL HADDAD, 1943/1979, Le Point d'être, 1981.

JULIEN GRACQ, LA FORME D'UNE VIE, Le Castor Astral, 1986 ; Zulma, 2004.

SAINTES-BEUVERIES, José Corti, 1991.

LEONARDO CREMONINI OU LA NOSTALGIE DU MINOTAURE, Claude Bernard, 1991.

GABRIEL GARCÍA MÁRQUEZ, Marval, 1993.

LES DANSES PHOTOGRAPHIÉES, Armand Colin, 1994.

RENÉ MAGRITTE, coll. Les Chefs-d'œuvre, Hazan, 1996.

DU VISAGE ET AUTRES ABÎMES, Zulma, 1999.

LE JARDIN DES PEINTRES, Hazan, 2000.

LES SCAPHANDRIERS DE LA ROSÉE, Fayard, 2000.

LE CIMETIÈRE DES POÈTES, Éditions du Rocher, 2002.

LE NOUVEAU MAGASIN D'ÉCRITURE, Zulma, 2006.

LE NOUVEAU NOUVEAU MAGASIN D'ÉCRITURE, Zulma, 2007.

COMME UN ÉTRANGE REPLI DANS L'ÉTOFFE DES CHOSES : EXPÉRIENCES CRITIQUES, La Bibliothèque, 2017.

Théâtre

KRONOS ET LES MARIONNETTES, Dumerchez, 1991.
TOUT UN PRINTEMPS REMPLI DE JACINTHES, Dumerchez, 1993.
LE RAT ET LE CYGNE, Dumerchez, 1995.
VISITE AU MUSÉE DU TEMPS, Dumerchez, 1996.

Poèmes

LE CHARNIER DÉDUCTIF, Debresse, 1968.
RETOUR D'ICARE AILÉ D'ABÎME, Thot, 1983.
CLAIR VENIN DU TEMPS, Dumerchez, 1990.
CRÂNES ET JARDINS, Dumerchez, 1994.
LES LARMES D'HÉRACLITE, Encrages, 1996.
LE TESTAMENT DE NARCISSE, Dumerchez, 1997.
UNE RUMEUR D'IMMORTALITÉ, Dumerchez, 2000.
LE REGARD ET L'OBSTACLE, Rencontres, 2001 (en regard du peintre Eugène van Lamswerde).
PETITS SORTILÈGES DES AMANTS, Zulma, 2001.
OMBRE LIMITE, L'Inventaire, 2001.
OXYDE DE RÉDUCTION, Dumerchez, 2008.
ERRABUNDA OU LES PROSES DE LA NUIT, Éoliennes, 2011.
LES HAÏKUS DU PEINTRE D'ÉVENTAIL, Zulma, 2013.
LA VERSEUSE DU MATIN, Dumerchez, 2013 (prix Mallarmé 2014).
TABLE DES NEIGES, Circa 1924, 2014.
L'ÊCRE ET L'ÉTRIT, Nouvelles éditions JMP, 2016.

Composition : IGS-CP à L'Isle-d'Espagnac (16)
Achevé d'imprimer par Novoprint
à Barcelone le 16 juillet 2018
Dépôt légal : juillet 2018

ISBN 978-2-07-273318-5./ Imprimé en Espagne.

319351